Os bilhões de Arsène Lupin

Maurice Leblanc

Os bilhões de ARSÈNE LUPIN

Tradução
Andréia Manfrin Alves

TriCaju

Esta é uma publicação Tricaju, selo exclusivo da Ciranda Cultural

Traduzido do original em francês
Les Milliardes de Arsène Lupin

Texto
Maurice Leblanc

Tradução
Andréia Manfrin Alves

Revisão
Fernanda R. Braga Simon

Produção editorial e projeto gráfico
Ciranda Cultural

Diagramação
Fernando Laino | Linea Editora

Design de capa
Ana Dobón

Imagens
Hanzi-mor /Shutterstock

Texto publicado integralmente no livro *Os bilhões de Arsène Lupin*, em 2021, na edição em brochura pelo selo Principis da Ciranda Cultural. (N.E.)

Dados Internacionais de Catalogação na Publicação (CIP) de acordo com ISBD

L445b Leblanc, Maurice

Os bilhões de Arsène Lupin / Maurice Leblanc ; traduzido por Andréia Manfrin Alves. - Jandira, SP : Tricaju, 2021.
160 p. ; 15,5cm x 22,6cm. - (Clássicos da literatura mundial)

Tradução de: Les Milliardes de Arsène Lupin
ISBN: 978-65-8967-803-8

1. Literatura francesa. 2. Romance. 3. Ficção. I. Alves, Andréia Manfrin. II. Título. III. Série.

2021-487 CDD 843
CDU 821.133.1-3

Elaborado por Odilio Hilario Moreira Junior - CRB-8/9949

Índice para catálogo sistemático:
1.! Literatura francesa 843
2.! Literatura francesa 821.133.1-3

1ª edição em 2021
www.cirandacultural.com.br

SUMÁRIO

PAULE SINNER

James Mac Allermy, fundador e diretor do *Allo-Police*, o maior jornal de criminologia dos Estados Unidos, tinha acabado de entrar na redação no final da tarde. Cercado por alguns de seus colaboradores, ele lhes dizia sua opinião – ainda muito incerta, aliás – sobre o crime abominável cometido no dia anterior contra três crianças pequenas, e que a opinião pública, revoltada pelas circunstâncias particulares, tinha imediatamente batizado de "O massacre dos trigêmeos".

Depois de alguns minutos de considerações sobre a criminalidade direcionada contra a infância, de modo geral, e sobre o crime hediondo do dia anterior, em particular, James Mac Allermy se voltou para sua secretária, Patricia Johnston, que, no meio dos editores, o ouvia:

– Patricia, está na hora do correio. Todas as cartas estão prontas para serem assinadas? Vamos até meu escritório?

– Está tudo pronto, senhor, mas…

Patricia se calou. Ela ouviu um barulho insólito e completou:

– Tem alguém no seu escritório, senhor Mac Allermy!

O diretor encolheu os ombros.

– Alguém no meu escritório? Impossível! A porta da sala de espera está fechada à chave.

– Mas e sua entrada privativa, senhor?

Allermy sorriu enquanto tirava uma chave do bolso.

– A chave fica sempre comigo. Aqui está ela. A senhorita está delirando, Patricia... Vejamos, vamos trabalhar... Com licença, Fildes, vou pedir para que aguarde um instante!

Ele colocou familiarmente a mão no ombro de um de seus assistentes – não um de seus redatores, mas um de seus amigos pessoais –, Fildes, que vinha quase todos os dias visitá-lo no jornal.

– Não se apresse, James Allermy – disse Frédéric Fildes, um representante da lei e procurador. – Não estou com pressa e sei como é o horário do correio.

– Vamos – disse Mac Allermy. – Tchau, senhores, até amanhã. Procurem descobrir mais sobre o crime.

Com um aceno de cabeça, ele deixou seus colaboradores e, seguido por sua secretária e por Frédéric Fildes, saiu da sala da redação, atravessou um corredor e abriu a porta da sala da direção.

A ampla sala, elegantemente mobiliada, estava vazia.

– Vê, Patricia. Não há ninguém aqui.

– Sim – respondeu a secretária –, mas repare, senhor, que a porta, que estava fechada, agora está aberta.

Ela se referia a uma porta do escritório que dava acesso a uma sala menor onde ficava o cofre.

– Patricia, deste cofre até a saída secreta que se abre para a rua, e através da qual às vezes eu passo, há duzentos metros de corredores e escadas, entrecortados por treze portas e cinco portões de ferro, todos muito bem trancados com cadeados. Ninguém pode usar essa saída.

Patricia refletia, com as sobrancelhas finas ligeiramente franzidas. Ela era uma jovem alta e esbelta, de aparência harmoniosa e ágil, o que indica a prática de esportes. Seu rosto, um pouco irregular, um pouco curto talvez, não tinha uma beleza clássica, mas, com uma pele sem maquiagem, naturalmente opaca e como se transparente, a boca grande e bem desenhada, os lábios naturalmente vermelhos, entreabertos sobre dentes brilhantes, a testa larga e de aparência inteligente sob as ondas dos cabelos, onde o ouro e o bronze se misturavam, sobretudo com os olhos, grandes e de um cinza esverdeado, entre cílios espessos e escuros, emanava um charme incomparável, um charme profundo e quase misterioso quando Patricia ficava séria, mas que se tornava leve e de alguma forma infantil quando ela se deixava levar por um acesso de alegria genuína. Tudo nela transparecia saúde, equilíbrio físico e moral, energia e gosto pela vida. Era uma dessas mulheres que não mentem e não decepcionam, que inspiram simpatia e confiança, que despertam amizade e amor.

Por um hábito que ela tinha aos poucos adquirido de Mac Allermy, e que havia se tornado um reflexo, ela passou os olhos por toda a sala para se certificar de que nada estivesse diferente desde que ela tinha colocado tudo em ordem.

Um detalhe chamou sua atenção.

Em um bloco de notas que estava sobre a mesa, e que era visto por ela de ponta-cabeça, havia duas palavras escritas a lápis. Uma era um nome, "Paule", a outra, que ela decifrou com menos facilidade, um sobrenome, "Sinner". Paule Sinner. Então era uma mulher.

Nem por um momento Patricia, que conhecia a severa moral de Mac Allermy, admitiu que uma mulher pudesse ter entrado com o consentimento dele, muito menos que ele tivesse escrito aquele nome de forma tão exposta em sua sala de diretor.

Mas então, o que significava Paule Sinner?

Mac Allermy, que a observava, sorriu:

– No momento certo, Patricia! Nada lhe escapa. Mas a explicação é simples: é o título de um romance francês que um tradutor me trouxe hoje e estou gostando muito. Paule Sinner é o nome da heroína. Em francês o título é ainda mais chocante: *Paule, a Pecadora*.

Patricia sentiu que Mac Allermy não estava dando uma explicação muito precisa. Mas ela poderia pedir outra?

Nesse momento, interrompendo suas reflexões, houve uma pane elétrica que os deixou na escuridão.

– Não se preocupe, senhor, foi um fusível que queimou. Eu conheço o assunto. Vou resolver – disse Patricia.

Tateando, ela chegou à sala de espera que precedia o escritório de Mac Allermy e que dava em um patamar no terceiro andar da escada particular da direção. Algumas lâmpadas que permaneceram acesas no térreo produziam uma iluminação difusa no meio da escuridão. Em um reduto estreito usado como almoxarifado, a jovem pegou uma pequena escada dupla com seis degraus, desdobrou-a e a colocou perto da parede. Ela subiu e acreditou ouvir, vindo de algum lugar das sombras, um pequeno barulho, e de repente uma angústia cerrou seu coração…

"Ele" estava lá, ela não tinha dúvida, ele estava lá, escondido na semiescuridão, pronto para atacar, como uma fera espreitando sua presa…

Era um ser misterioso, ameaçador. Ela nunca o viu, mas sabia de sua existência; sabia que era secretário particular de Mac Allermy, um secretário que não se mostrava, que também era um guarda-costas, um espião, um factótum, um faz-tudo de atribuições secretas e diversas, um homem enigmático, dissimulado, perigoso, tenebroso, cuja presença e cobiça Patricia percebia constantemente a sua volta, o que a preocupava e, às vezes, apesar de sua coragem, a aterrorizava.

Sobre a escada, com o coração acelerado, ela ouvia. Não, nada! Ela certamente estava equivocada. Então, dominou sua emoção, tentou sorrir e continuou sua tarefa.

Ela removeu o fusível, substituiu o fio partido, ajustou outro e reparou o interruptor. A luz se acendeu, meio velada pelo vidro fosco da lâmpada.

Então aconteceu o ataque. O ser, da sombra onde estava escondido, apareceu logo abaixo de Patricia. Duas mãos agarraram os joelhos da jovem. Patricia cambaleou sobre a escada e, quase inconsciente, sem conseguir lançar sequer um grito, escorregou e caiu nos braços abertos que a seguraram e impediram sua queda brusca ao chão, onde ela se viu deitada, sem voz e sem movimento.

Patricia percebeu que o assaltante era muito grande e tinha uma força irresistível. Numa reação quase imediata, ela tentou lutar, mas em vão. Os braços a imobilizaram como uma presa precipitadamente vencida.

E, ainda a segurando, o homem sussurrou em seu ouvido:

– Não resista, Patricia, de que adianta? Não grite!... O velho Mac Allermy poderia ouvi-la, e o que ele pensaria de você ao vê-la em meus braços? Ele acreditaria no nosso acordo. E teria razão. Você e eu fomos feitos para ficar juntos. Ambos queremos satisfazer nossas ambições, ganhar dinheiro, ganhar poder, e o mais depressa possível. Mas você está perdendo tempo, Patricia. Só porque é amante do filho Allermy, não quer dizer que vai conseguir alguma coisa. Allermy Junior é apenas um idiota, um incapaz. Quanto ao velho, ele se encaixa mais ou menos na mesma categoria. Além disso, ele está tramando, com seu amigo Fildes, que se assemelha a ele, um enorme negócio... sim... mas ele vai quebrar a cara. Patricia, se soubermos como manobrar, você e eu, dentro de seis meses o jornal *Allo-Police* estará em nossas mãos e ambos saberemos como ganhar dólares e mais dólares, centenas de milhares de dólares! Assinaturas, anúncios, escândalos, chantagens, um pouco de tudo. Só precisamos saber como usufruir. E eu saberei! Mas eu a amo, Patricia. É ao mesmo tempo uma força e uma fraqueza. Ajude-me a me tornar o mestre, o mestre capaz de tudo, de todos os crimes e de todos os triunfos que você vai compartilhar comigo! Nós dois, juntos, dominaremos o mundo. Você compreende isso, não é? Você aceita?

Ela balbuciou, desnorteada:

– Solte-me! Solte-me agora. Falaremos disso mais tarde, em um outro momento. Quando não pudermos ser ouvidos ou surpreendidos...

– Então preciso de uma prova do nosso acordo... de sua boa vontade... Um beijo e eu a deixo ir.

Patricia estava em pânico. O homem cheirava a álcool; ela podia entrever seu rosto se contorcendo em caretas. Lábios febris pousavam em seu pescoço ou em suas bochechas, procurando os lábios que ela desviava... e ouvindo sempre essa voz em seu ouvido:

– Eu a amo, Patricia. Você compreende o que é esse amor que duplicaria uma associação como a que poderíamos formar, você e eu? Os dois Allermy são incapazes, são fantoches... Quanto a mim, eu adivinho todas as suas ambições, eu as conheço, tanto as realizadas quanto as ultrapassadas. Ame-me, Patricia. Não há no mundo outro homem da minha qualidade, do meu poder cerebral, que tem minha vontade, minha energia. Ah! Você está cedendo, Patricia, você me ouve, está perturbada...

Ele falava a verdade. Apesar de sua revolta e desgosto, ela sentia uma perturbação, uma vertigem estranha que a conduzia na direção do mais terrível desfecho.

O homem zombou silenciosamente.

– Vamos, ceda, Patricia... Você não consegue mais resistir. Está no limite. Pobre menina, não é por ser mulher, não acredite nisso! Todos que ficam diante de mim se sentem perturbados, angustiados. Meu desejo domina, derruba o obstáculo, quebra-o... E se sentem quase felizes, não é, por colocar seu destino de volta em minhas mãos. Admita... E não tenha medo. Não sou mau, embora meus camaradas e inimigos – não tenho amigos – me chamem de "The rough"[1]... O Selvagem, o Implacável, o Impiedoso...

Patricia estava perdida. Quem poderia salvá-la?

De repente, as mãos impiedosas se desprenderam. O "Selvagem" abafou um lamento, um lamento assustadoramente doloroso.

– O que é? Quem é o senhor? – ele gemeu, torturado.

Uma voz baixa e zombeteira respondeu:

– Um cavalheiro, motorista e amigo do senhor Fildes. Ele está à minha espera para levá-lo a Long Island, à casa dos pais dele, onde ela irá jantar... e talvez dormir. Então, você entendeu? Estava de passagem quando ouvi seu discurso. Você fala bem, Selvagem. Mas está enganado ao afirmar que está acima de todos.

– Não estou enganado – repreendeu o outro em voz baixa.

---

[1] Em português, "O bruto". (N.T.)

– Está, sim. Você tem um mestre.

– Um mestre, eu?... Diga o nome dele... Um mestre, eu?... Só pode ser Arsène Lupin. Por acaso você é Arsène Lupin?

– Eu sou aquele que interroga, mas que não é interrogado.

O outro ficou pensativo. Sussurrou com uma voz alterada:

– Ora, por que não? Eu sei que ele está em Nova Iorque tramando alguma coisa com Allermy, Fildes e companhia. Além disso, é bem do feitio dele essa torção dos braços. Uma artimanha que derrota até os mais fortes... Então, é você, Lupin?

– Não se preocupe com isso. Lupin ou não, sou seu mestre, obedeça.

– Eu, obedecer? Você está louco. Lupin ou não, minhas ações não são da sua conta! Fildes está no escritório de Allermy. Vá atrás dele! Deixe-me em paz.

– Primeiro, deixe essa mulher em paz! Vá embora!

– Não!

E a mão pesada caiu sobre Patricia novamente.

– Não?! Então, azar o seu. Vou recomeçar.

O "Selvagem" soltou um profundo gemido de angústia e dor. Parecia que lhe tiravam a vida. Seus braços relaxaram. Ele se desequilibrou como uma marionete desarticulada.

O misterioso salvador de Patricia ajudou-a a se levantar. Em pé, de frente para ele, ainda ofegante e tremendo, ela sussurrou:

– Cuidado! Esse homem é muito perigoso.

– A senhorita o conhece?

– Não sei o nome dele. Nunca o tinha visto antes. Mas ele está me perseguindo, estou com medo!

– Quando estiver em perigo, me chame. Se eu estiver livre, virei defendê-la. Permita que lhe ofereça este apito prateado, é um apito encantado. É possível ouvi-lo através do espaço... Em caso de perigo, apite sem parar. Eu virei... E nunca deixe de desconfiar do Selvagem. Ele é o pior dos bandidos. Meu dever seria levá-lo à justiça imediatamente, mas esse tipo de dever é sempre negligenciado... e injustamente!

Ele inclinou seu corpo alto e flexível e, com um sorriso mundano em seu rosto magro, beijou a mão de Patricia com um galanteio bastante cortês.

– O senhor é mesmo Arsène Lupin? – ela sussurrou, tentando ver bem seus traços.

– O que isso interessa? Não aceitaria a proteção dele?

– Claro que sim! Mas eu gostaria de saber…

– Curiosidade inútil.

Sem insistir, ela retornou ao escritório do diretor do *Allo-Police* e pediu desculpas por sua longa ausência. Tinha tido um mal-estar.

– Já está melhor, não é mesmo? – perguntou Mac Allermy, solícito. – Sim, vejo que está recuperando sua cor.

E acrescentou em outro tom:

– Poderemos conversar um pouco? Tenho coisas muito sérias a lhe dizer!

Diante desse amigável apelo à ordem, Patricia, deixando sua inquietação de lado, voltou a ficar lúcida e calma. Ela se sentou na poltrona que Mac Allermy lhe ofereceu e olhou para ele, aguardando a continuação. Ele retomou depois de certo silêncio:

– Patricia, desde que entrou nesta empresa, há cerca de dez anos, já passou por todos os serviços subordinados. Sabe por que a escolhi, há cinco anos, como secretária executiva?

– Provavelmente porque me achou digna, senhor.

– Claro, mas a senhorita não era a única. Há outras razões.

– Posso perguntar quais?

– Primeiro, é uma mulher bela. E eu gosto da beleza. Não se ofenda por eu falar assim na frente do meu amigo Fildes. Não tenho segredo para ele. Além disso, houve um drama em sua vida, um drama que acompanhei de perto. Meu filho, Henry, aproveitou-se da sua situação e se insinuou para a senhorita. Mas você era muito jovem, sozinha na vida. Ele lhe prometeu casamento e a senhorita não soube resistir, ele a seduziu. Depois disso ele a abandonou, acreditando que ficaria quite lhe oferecendo uma quantia em dinheiro, que, a propósito, a senhorita recusou. E ele se casou com uma moça rica, de poderosas relações.

Patricia, bastante enrubescida, escondeu o rosto entre as mãos e balbuciou:

– Não continue, senhor Allermy. Tenho tanta vergonha do meu erro! Eu devia ter me matado…

– Se matar porque um jovem miserável a enganou!

– Não fale assim do seu filho, por favor…

– Ainda o ama?

– Não. Mas eu o perdoei.

Allermy fez um gesto violento.

– Eu não perdoei. A culpa é do meu filho! Foi por isso que a convidei para ser uma de minhas colaboradoras.

– Aos seus olhos, isso foi uma reparação?

– Sim.

Patricia levantou o rosto e o encarou.

– Se eu soubesse, teria recusado, como recusei o dinheiro que seu filho me ofereceu – disse ela amargamente.

– Como teria vivido?

– Como eu já fazia antes, senhor, trabalhando… Trabalhando depois de sair daqui, à noite, em outro lugar, e de manhã, antes de chegar, fazendo cópias para outra empresa. Não há pessoa boa e corajosa no mundo que não possa viver, graças a Deus, de seu trabalho!

Allermy franziu a sobrancelha.

– A senhorita é muito orgulhosa.

– Muito orgulhosa mesmo, é verdade.

– E ambiciosa também.

– Também – disse ela calmamente.

Mais um breve silêncio e o diretor do *Allo-Police* então retomou:

– Há pouco encontrei sobre esta mesa um artigo seu a respeito do terrível crime de ontem, de que estávamos falando na redação, o massacre dos trigêmeos.

Patricia mudou de expressão e de tom; ela se transformou na debutante ansiosa pela opinião de seu juiz.

– O senhor teve a gentileza de ler?

– Sim.

– E ele lhe agrada?

O diretor acenou com a cabeça.

– Tudo o que disse sobre esse crime, sobre os motivos que o originaram, sobre o homem que acredita ser culpado, provavelmente está certo. De todo modo, é muito engenhoso, muito lógico. A senhorita demonstra ter qualidades reais de discernimento e imaginação.

– Então o senhor vai publicá-lo? – perguntou a jovem, extasiada.

– Não.

Ela se sobressaltou.

– Por que, senhor? – perguntou com a voz ligeiramente alterada.

– Porque ele é ruim!

– Ruim! Mas o senhor disse…

– Ruim como artigo – explicou Allermy. – Veja, senhorita. O que, aos meus olhos, é valioso em uma reportagem criminal não é a soma de deduções, sugestões e verdades que ele contém. É unicamente a forma como tudo isso é apresentado.

– Não entendi muito bem – disse Patricia.

– A senhorita vai entender. Suponhamos…

Ele se interrompeu. Sem dúvida, lamentava ter embarcado em explicações. No entanto, concluiu, abreviando:

– Suponhamos que eu, Mac Allermy, esteja envolvido em alguma aventura obscura que me conduza, hipoteticamente, a ser assassinado nesta noite. Bem, se as circunstâncias determinassem que a senhorita ficasse responsável por contar essa notícia, sua história teria que destacar esta conversa que estamos tendo agora e dar a ela um tom patético, para que o leitor já percebesse as premissas de um temível desfecho. Seria preciso que a intensidade da impressão seguisse num crescendo até a última linha. Toda a arte do jornalista e do romancista está na preparação do drama, na sua encenação, na indicação das primeiras peripécias, naquilo que faz o leitor ser fisgado imediatamente. Fisgado pelo quê? Não posso dizer. Esse é o segredo do talento. Se não tem internalizada essa vocação secreta para chamar a atenção com palavras, faça vestidos ou espartilhos, mas não romances, nem artigos. Entendeu, Patricia Johnston?

– Entendi, senhor, que devo trabalhar primeiro como aprendiz.

– É isso mesmo. Há bons elementos em seu artigo, mas apresentados por uma menina de escola. Nada está valorizado, nada está no ponto. Reescreva-o, escreva outros. Eu os lerei… e vou recusá-los até o dia em que a senhorita souber construir um artigo do jeito certo.

Ele acrescentou, rindo:

– Espero que não seja sobre mim, ou para desvendar um mistério criminal que me diga respeito.

Patricia olhou para ele com preocupação e, ansiosa, em um tom que transparecia o afeto que sentia pelo homem com quem trabalhava há anos, disse:

– O senhor está me assustando. Acredita mesmo…?

– Nada, absolutamente nada específico. Mas o próprio gênero do meu jornal me põe em contato com um universo bastante peculiar, e alguns dos artigos que publicamos me expõem a rancores e vinganças. São os riscos da profissão. Não vamos falar mais sobre isso. Vamos falar de você, Patricia, da sua situação, do seu futuro. A senhorita me entrega bons resultados e, para que tenha uma segurança material que possa facilitar sua vida e permitir que prospere, eu assinei um cheque de dois mil dólares que você poderá descontar no banco.

– É muito dinheiro, senhor.

– É muito pouco se comparado ao que faz por mim e por suas metas futuras.

– E se eu falhar?

– Isso não é possível.

– O senhor confia tanto assim em mim?

– Mais do que isso! Tenho absoluta confiança na senhorita. Quero lhe falar de coração aberto e sobre coisas muito íntimas. Sabe, Patricia, chega um momento em que o homem precisa de sensações mais fortes, de ambições maiores e mais complexas. Chegamos a esse momento, meu amigo Fildes e eu. E, para criarmos em nossa muitas vezes monótona existência um novo e poderoso interesse, nós desenvolvemos uma obra considerável, inédita e cativante, que exige toda nossa experiência, toda nossa atividade e que satisfaz ao mesmo tempo nossos instintos combativos e nossa preocupação moral. O objetivo que queremos alcançar é grandioso, está de acordo com nossas almas de velhos puritanos austeros que o mal revolta, quaisquer que sejam suas manifestações. Em breve irei informá-la sobre a natureza dessa obra, Patricia, porque a senhorita é digna de participar das lutas de nossas ambições. Fildes e eu iremos em breve à França para concretizar nossos planos. Venha conosco. Estou habituado aos seus serviços; sua constante colaboração e presença me são mais necessárias do que nunca. Se aceitar, será nossa viagem... nossa viagem...

Ele hesitou, muito envergonhado, sem saber como concluir sua frase, ou melhor, sem ousar concluí-la. Ele segurou as mãos da jovem e, quase timidamente, concluiu em voz baixa:

– Nossa viagem de lua-de-mel, Patricia.

Patricia ficou atônita, duvidando de que tinha entendido bem, de tanto que esse pedido era completamente inesperado e tocante, sobretudo por sua sincera e desastrosa espontaneidade. A emoção foi tamanha, e o orgulho também, que, sem conter as lágrimas, ela se atirou nos braços do velho.

– Obrigada! Ah, obrigada! Isso me redime aos meus olhos! Mas como posso aceitar, senhor? Seu filho está entre nós – concluiu ela, desviando o olhar.

Ele franziu a sobrancelha.

– Meu filho construiu a vida dele a seu bel-prazer; eu quero construir a minha seguindo meu coração.

Enrubescida, ela sussurrou com um terrível desconforto:

– Há outra coisa que, aparentemente, o senhor não sabe, senhor Allermy. Eu tenho um filho…

Ele se sobressaltou.

– Um filho!

– Sim! Um filho de Henry, um filho que adoro, um filho a quem jurei dedicar toda a minha vida. Seu nome é Rodolphe. Ele é belo como o amor. É carinhoso, inteligente…

O velho dominava sua surpresa. Ele se exaltou:

– Ele não tem meu sangue? Não é natural que o filho do meu filho seja meu filho?

– Não, não é natural – Frédéric Fildes intercedeu, calmo, embora não conseguisse conter certa emoção.

Allermy se voltou para ele com ar sombrio:

– Acha que devo desistir, Fildes?

– Desistir? Não estou dizendo isso. Mas pensar, considerar com ponderação e sabedoria uma situação atípica… uma situação que, sem dúvida, será conhecida por todos… e interpretada como um ato de fraqueza e imoralidade de sua parte.

Mac Allermy pensou por um momento.

– Que seja – disse ele relutantemente –, vamos dar tempo ao tempo. Ele sempre trabalha a favor daqueles que amam. De qualquer forma, Patricia – ele acrescentou –, nada disso deve afetar nossa relação e nossa colaboração diária, estamos de acordo, não é mesmo?

A jovem percebeu a angústia do velho diante da ideia de perdê-la e, novamente, ficou comovida.

– Sem dúvida, senhor Allermy – ela respondeu.

O diretor do *Allo-Police* abriu uma gaveta e pegou um envelope que havia selado e no qual estava escrito o nome da jovem e disse:

– Neste envelope há um documento que escrevi para a senhorita. Mas você só conhecerá o conteúdo desse documento, que lhe entrego imediatamente, daqui a seis meses, no dia 5 de setembro, e obedecerá à risca às instruções nele contidas. Leve-o sempre consigo ou guarde em um lugar seguro. E que ninguém saiba! Ninguém!

Patricia pegou o envelope, inclinou sua fronte para que Mac Allermy pudesse depositar um beijo nela, estendeu uma mão afetuosa para o velho Fildes e foi embora dizendo estas palavras, que soara como uma promessa:

– Até amanhã, chefe… Até amanhã… E todos os dias…

Ela atravessou a sala de espera. Mac Allermy e Fildes a seguiram imediatamente. Quando eles chegaram no patamar, viram abaixo deles, entre o primeiro e o segundo andar, dois homens que desciam as escadas. O que estava atrás, um homem alto, de ombros largos e aspecto desengonçado, caminhava furtivamente, como se tentasse alcançar o outro sem ser ouvido. Quando o alcançou, levantou subitamente a mão direita, na qual se viu brilhar uma lâmina. Patricia quis gritar, mas sua voz ficou presa na garganta. A mão se abaixou. No exato momento em que a arma atingiria suas costas, o homem atacado se inclinou, agarrou o agressor pelas pernas e o derrubou com uma força imensurável, lançando-o por cima da rampa ao pé da escada. O agressor caiu como uma massa no meio do primeiro andar, rolou por mais alguns degraus e soltou um gemido.

O diretor do *Allo-Police* deixou escapar uma gargalhada.

– Do que está rindo, senhor Allermy? – perguntou Patricia. – Foi seu secretário quem se feriu, seu confidente.

– Excelente lição para ele – respondeu o velho com satisfação. – O "Selvagem" é um gângster abominável! Inimigo público número um. Mais um segundo e ele supostamente esfaquearia seu companheiro. É um bruto esse aí. Mas ele não me é totalmente desconhecido… E para o senhor, Fildes?

– Também não – respondeu Fildes, laconicamente.

Os dois amigos subiram. Mac Allermy tinha esquecido em sua mesa a grande pasta de couro marrom onde ele guardava todos os documentos relacionados à grande empreitada.

Quando Patricia, continuando a descer, chegou aos pés da escada, os dois combatentes tinham desaparecido.

– Que pena – pensou –, eu gostaria de rever aquele que certamente é Arsène Lupin!

Ela saiu do prédio tentando controlar a emoção. O ar fresco lhe fez bem. A avenida, vibrando com o zumbido da multidão ao anoitecer, começava a se iluminar com as luzes produzidas pela eletricidade. A jovem virou à direita e se sentou em um pequeno jardim relativamente calmo. Ela precisava pensar. Desapontada com o fracasso de sua primeira tentativa no jornalismo, ela encontrava, todavia, um poderoso conforto na simpatia com que seu chefe tinha lhe falado, na confiança que ele tinha nela, em seu futuro. A oferta de casamento que ele lhe tinha feito era para ela como uma absolvição do passado, que a enobrecia e purificava.

Órfã, relutantemente acolhida por uma velha parente que não a amava e não se interessava por ela, Patricia teve uma juventude amarga e solitária na qual todos os seus impulsos infantis tinham sido duramente reprimidos. Ela tinha crescido com o único desejo de se tornar independente o mais rápido possível. A jovem estava completando seus estudos quando sua parente morreu, deixando-lhe apenas o suficiente para sobreviver por algumas semanas. Mas Patricia era corajosa, o trabalho a atraía; ela era uma boa datilógrafa e tinha conquistado rapidamente um cargo modesto, mas suficiente, uma vez que ele lhe proporcionava uma vida tranquila.

Ela conheceu Henry Mac Allermy em uma sociedade que frequentava, às vezes, aos sábados à noite. Ele também era muito jovem, era bonito, parecia sincero e apaixonado. Ele havia cortejado a jovem solitária, sedutora e ingênua. E Patricia, entusiasta, embriagada pelo desejo de viver e ser feliz, sem conhecer nada além do arrebatamento desse amor que a atraía, cedeu, palpitante de confiança e de esperança. Alguns meses de felicidade, e depois as infidelidades, o abandono, a separação brutal, cínica e devastadora para ela. Devastadora sobretudo pela terrível amargura de agora ter de desprezar aquele a quem tanto amava – e que talvez ainda amasse.

Mas a criança recém-nascida tinha sido o novo elo que ligava a jovem à vida. Patricia depositou no filho, desde o berço, toda a sua esperança no futuro. Sem nada mais esperar para si dessa existência, ela concentrou intensamente no pequeno Rodolphe todas as suas forças de amor e ambição. Ele seria sua vingança viva contra o pai que a tinha traído; ela faria dele o homem sincero e nobre que acreditou ter encontrado em Henry Mac Allermy. Sendo ela mesma ainda uma criança, seria apenas mãe…

O tempo então passou, livrando a jovem do passado ruim e lhe devolvendo seu prazer pela vida. Mas o desejo de fazer de seu filho um homem digno dos destinos mais elevados se manteve como sua grande razão de viver. Então não encontrava agora, sem ter procurado, a ajuda necessária? Não era essa uma oportunidade inesperada que surgia? O velho Mac Allermy não seria para ela e para Rodolphe o apoio que remediaria o mentiroso e covarde Henry Mac Allermy e seu apoio inexistente? Quando anoiteceu por completo, Patricia já vislumbrava um futuro melhor.

A hora avançava. Patricia, voltando de seu devaneio, levantou-se para seguir até o pequeno restaurante onde normalmente jantava antes de retornar à sua modesta acomodação de mulher solteira que trabalha para viver. Mas ela parou abruptamente. À sua frente, do lado de fora do jardim, no térreo de um edifício, uma pequena porta se abriu. Ela sabia que essa pequena porta se comunicava, através de compridos corredores e de numerosas escadas, com a estreita saleta onde ficava o cofre de Mac Allermy. Ele costumava sair do jornal por ali.

E, precisamente, Mac Allermy surgiu na companhia de Frédéric Fildes.

Sem ver Patricia, os dois homens atravessaram o jardim e seguiram por uma rua paralela à avenida principal.

ONZE HOMENS REUNIDOS

Patricia seguiu os dois homens sem que eles percebessem. Ela não costumava ser impulsionada por qualquer curiosidade banal ou interessada, mas não conseguia esquecer as palavras ditas por James Mac Allermy em relação à perigosa possibilidade de uma aventura cujo resultado poderia ser fatal. Estaria ele sob algum tipo de ameaça específico? Patricia não deveria perceber nessas palavras um aviso que era preciso levar em consideração? Não era seu dever cuidar dele? Mac Allermy e Fildes seguiam para alguma expedição noturna, não havia a menor dúvida. Por isso, ela sentia necessidade de agir.

Os dois amigos caminhavam sem olhar para trás. De braços dados, eles conversaram animadamente. Mac Allermy segurava com a mão livre a pasta marrom com alças de couro, enquanto Frédéric Fildes brincava com sua bengala.

Eles caminharam por um longo tempo e chegaram a ruas que Patricia, implacável em sua perseguição secreta, nunca tinha visitado antes, e pelas quais eles seguiam sem hesitação, como se o caminho lhes fosse familiar.

Finalmente, eles contornaram uma vasta praça quadrada em que um dos lados era decorado com uma colunata embaixo da qual havia uma série de lojas, já fechadas àquela hora, com suas persianas contíguas. Muitas dessas lojas tinham um aspecto completamente semelhante, a mesma disposição, as mesmas dimensões, a mesma decoração. Elas eram separadas por portas que davam acesso às habitações acima delas.

Mac Allermy parou de repente e abriu uma das portas. Patricia permaneceu de pé a uma curta distância, à sombra das arcadas, e vislumbrou os primeiros degraus de uma escada que conduzia à sobreloja.

Mac Allermy, seguido por Frédéric Fildes, adentrou pela escadaria e a porta se fechou. O diretor do *Allo-Police* ficou no andar de cima por apenas um minuto e já precisou descer. Patricia viu a loja no piso térreo se iluminar com a claridade filtrada por buracos em forma de estrela que perfuravam o toldo da fachada.

Houve alguns minutos de silêncio.

Soaram dez horas. Quase imediatamente, dois homens apareceram e, com um ar descontraído, passaram a inspecionar sob as arcadas. Patricia se escondeu melhor na sombra onde estava emboscada. Os dois homens chegaram à loja e um deles bateu na fachada com um objeto de metal que tinha nas mãos. Imediatamente, uma pequena porta na cortina de metal foi aberta por dentro. Os dois homens entraram apressadamente e a porta se fechou em seguida. Então, ainda à espreita e com o coração disparado, Patricia viu um grupo de quatro homens que avançavam sem pressa, como caminhantes ociosos. Eles também pararam em frente à loja e bateram na fachada de metal. A pequena porta foi aberta mais uma vez, e eles desapareceram lá dentro.

Então veio outro homem, sozinho, que da mesma forma bateu e entrou. Depois outro. Então, finalmente, um último, um homem alto que escondia o rosto sob um chapéu desabado e um cachecol de lã cinza.

Onze ao todo, Patricia contou, não vendo ninguém mais surgir depois de alguns minutos de espera. Onze homens, incluindo Mac Allermy e Fildes, que tinham vindo esperar pelos outros. Que outros? Quem eram essas pessoas que pareciam pertencer às mais diferentes classes da sociedade? O que estavam fazendo ali? Para que trabalho noturno estavam reunidos misteriosamente naquela loja aparentemente abandonada? Naquele bairro distante?

Patricia se lembrou das palavras de seu diretor. Não seria essa a grandiosa empreitada de que ele tinha falado, e na qual Frédéric Fildes estava envolvido? A empreitada aventureira e perigosa cujo resultado para Mac Allermy poderia ser a morte?

Patricia estava inquieta, assustada. E se matassem Mac Allermy nesse instante? Ela ameaçou partir em busca de parar o primeiro transeunte para perguntar o endereço da delegacia de polícia mais próxima...

Mas logo se acalmou. Ela tinha o direito de intervir num plano sobre o qual não sabia nada e cujos perigos talvez nem existissem? Mac Allermy tinha conscientemente organizado o encontro. Se corria algum risco, ele o havia aceitado livremente. Sob que pretexto, nessas condições, Patricia interferiria em seus planos, envolvendo indiscretamente a polícia? Isso não suscitaria talvez perigos reais para contornar perigos imaginários?

A jovem esperou sem aparecer nem se mexer. Os minutos passaram: uma hora... duas horas... Finalmente, a porta de ferro foi levantada. Três homens, quatro, cinco apareceram. Saíram dez que se dispersaram diante dos ávidos olhos de Patricia, sempre cuidadosamente escondida. Ela viu o homem de cachecol, pensou reconhecer Frédéric Fildes, mas não distinguiu James Mac Allermy.

Esperou mais um pouco. De repente, viu o homem com o cachecol reaparecer. Ele caminhava na direção da loja. Como antes, ele bateu e desapareceu pela pequena porta que foi aberta para ele.

Quatro ou cinco minutos se passaram, não mais do que isso, e o homem com o cachecol reapareceu, deslizando pela pequena porta. Ele trazia na mão a pasta de couro marrom de Mac Allermy e partiu apressadamente.

O incidente pareceu suspeito aos olhos de Patricia. Por que aquele homem levava a pasta preciosa que continha o segredo do importante negócio? A jovem se perguntou se esperaria até ver Mac Allermy sair ou se seguiria os passos do homem com o cachecol. Sem pensar muito, por impulso, decidiu seguir o homem. Acelerou um pouco o passo e logo o alcançou. O homem caminhava rápido e parecia ansioso, olhando ao redor, para trás... Patricia teve de ter muito cuidado para não ser vista. Ela não se atrevia a chegar mais perto, mas tinha medo de perdê-lo de vista na esquina de alguma rua daquele bairro que ela não conhecia. De repente o homem começou a correr. Patricia também correu e chegou a uma praça de onde partiam várias ruas. Qual delas tomar? O homem havia desaparecido.

Patricia parou, um pouco ofegante. Sua perseguição tinha sido em vão.

Ressentida, um pouco envergonhada de sua inabilidade, deu de ombros para si mesma. Ela que pensava ser tão hábil. Ah! Que detetive lastimável era! Passou horas espionando, e eis o resultado. Agora ela se dava conta de que nem sabia o endereço da loja misteriosa onde os igualmente misteriosos personagens tinham se reunido. Seria incapaz de voltar lá. Havia arcadas, sim, mas ela reconheceria o lugar, mesmo se a levassem até lá? Uma noite perdida foi o único resultado dos seus esforços.

Desorientada, infeliz consigo mesma, ela caminhou ao acaso e seguiu por uma rua larga e populosa, repleta de bares muito iluminados e frequentados por clientes suspeitos. Havia gritos, risos. Patricia, preocupada, caminhava depressa, sem se atrever a pedir informações sobre o caminho. Nenhum policial à vista. Indivíduos mal-encarados começaram a segui-la, tentando se aproximar dela. Ela apertou mais o passo. Lufadas de ar fresco lhe atingiam o rosto. Ela pensou que estava se aproximando da beira da água. O lugar estava ficando silencioso, deserto e escuro. Ela chegou a um cais cheio de materiais, sacos de areia e gesso, pilhas de madeira e fileiras de barris vazios ou cheios.

A jovem de repente estremeceu. Uma mão brutal a segurou pelo ombro.

– Ah! Aí está você, Patricia! Estou muito feliz com este encontro. Agora não vou mais deixá-la escapar, minha linda! Não adianta resistir!

Embora não conseguisse reconhecer nem a voz nem a silhueta de seu agressor, a jovem estava convencida de que se tratava do chamado “Selvagem”, “The Rough”, o homem que, na tarde do mesmo dia, a atormentara nas escadas do *Allo-Police*. Ela tentou se libertar, mas a mão que a segurava parecia uma mão de ferro. O homem retomou, zombeteiro e ameaçador:

– Uma vez que a oportunidade se apresenta, aviso, minha pequenina, que você está seguindo por um mau caminho, cuidado! Então agora está bancando a espiã! Por quem? Por amor a quem? Ao velho Allermy! Raios! Então, depois do filho, agora o pai? Você não sai da mesma família! Ouça com atenção, minha querida, se disser uma palavra sobre o que pode ter descoberto esta noite, você está perdida! Sim, perdida! Você e o pequeno Rodolphe! Esse lindo menino vai sofrer as consequências, eu juro! Então, silêncio! Não se meta nos nossos negócios se não quiser que cuidemos dos seus! Estamos entendidos? E, para selar nosso pacto, um beijo, minha linda! Só um, mas um verdadeiro beijo de amor!

Ele apertou seu abraço e tentou alcançar a boca que se esquivava. A luta da tarde recomeçava. Patricia se debatia, desesperada, mas não ousava gritar com medo de ser estrangulada pelo "Selvagem", que ralhava:

– Você é muito estúpida! Um beijo e eu a incluo nos negócios. Repito, é muito dinheiro a ganhar! Muito dinheiro! Você poderá transformar seu Rodolphe em um duque, um príncipe, um rei! E você recusa? Acha que vai chegar em algum lugar trabalhando com Mac Allermy? Mas que idiota! Ah! Sua estúpida!

Com as unhas afiadas, como uma gata enfurecida, ela o arranhou com toda a força. Com o rosto cheio de sangue, ele chamou:

– Albert, venha me ajudar, meu velho!

Um homem vestido de marinheiro, um colosso de um metro e oitenta de altura, surgiu da sombra do cais e correu ao chamado do "Selvagem". Com sua ajuda, o Selvagem derrubou Patricia no chão e a dobrou ao meio.

– Segure-a, Albert! Ah, ali está uma bela gaiola onde ela não poderá arranhar ninguém nem fugir!

Ele tinha avistado alguns barris vazios no cais. Auxiliado pelo colosso, ele levantou a jovem, ainda dobrada ao meio, e brutalmente a enfiou no barril do qual apenas sua cabeça emergia.

– Fique de guarda perto dela, Albert – o Selvagem ordenou –, e, se ela tentar gritar ou sair, um bom golpe galocha na cabeça bastará para que ela se encaixe de volta na sua concha, como um verdadeiro caracol. Volto em uma hora. Você sabe aonde vou, não é? Só fiz a metade do serviço, agora preciso terminá-lo! Combatamos o inimigo enquanto é tempo. A sorte está do nosso lado, tratemos de aproveitá-la e lhe darei uma parte da minha recompensa. Até logo, Patricia. Se estiver com frio, meu quarto fica perto daqui, no Bar Océan. Posso levá-la até lá para se aquecer. E você, marinheiro, se lembra das instruções? Um golpe de galocha na cabeça, ou, para silenciá-la, um beijo! Ela adora isso!

Ele riu, pegou a pasta de couro que tinha colocado sobre um saco e partiu.

Patricia, presa no barril, não sentia o desconforto dessa situação ridícula. O medo e o horror a dominavam. O desgosto logo se misturou a eles. Após a partida do Selvagem, o marinheiro se inclinou sobre ela, aproximando tanto seu rosto que Patricia sentiu, com o coração disparado, sua respiração empestada de vinho e fumaça.

– Ouvi dizer que você gosta disso? – ele disse com a voz baixa e um tom canalha. – Então podemos nos dar bem. Não estou nem aí pro Selvagem! Um beijo dado espontaneamente e eu tiro você do barril.

– Primeiro me tire daqui – sussurrou Patricia, que via nesse brutamontes repugnante um possível libertador.

– Mas você promete? – ele insistiu, desconfiado.

– Claro! Você está me pedindo tão pouco!

– Posso pedir mais! – ele disse com um riso bêbado. – Bom, eu confio em você!

Ele agarrou o barril e o derrubou como se aquilo se tratasse de um exercício de circo. Patricia saiu de dentro dele e logo se levantou do chão lamacento.

– Agora o meu beijo! – disse o colosso, avançando com os braços estendidos.

Ela saltou para trás.

– Beijar você? Eu prometo. Tudo o que quiser. Mas não aqui. Está muito frio e alguém pode aparecer! Onde é o quarto dele?

Ele fez um gesto na sombra da noite.

– Vê aquela luz vermelha… ali… É o Bar Océan.

– Eu vou na frente – disse Patricia. – Você vem depois, vou esperar.

Ela fugiu, leve, tão excitada por sua libertação que mal sentiu o cansaço. Além disso, uma preocupação muito maior a dominava. As últimas palavras do Selvagem a tinham assustado. A que outra metade do serviço ele havia aludido? Que trabalho lhe restava realizar? Ele iria matar alguém?

Ela correu para a rua das tavernas e entrou naquela cuja iluminação era vermelha.

– Um café e uma dose de conhaque – ela pediu ao garçom do Bar Océan. – Onde fica o telefone?

O garçom a acompanhou até a cabine, onde ela consultou a lista telefônica.

Ela estava perplexa. Pensando rapidamente, disse a si mesma: "Vamos ver… Quem avisar? A polícia? Não… Fildes primeiro… Ele deve ter ido para casa… E o perigo está lá. Sim… Frédéric Fildes…"

Ela girou o disco com um dedo febril e ouviu quando alguém atendeu do outro lado.

– Alô… Alô… – ela disse com uma voz que a emoção tornou rouca.

Hesitante, inquieta, a voz de Fildes respondeu:

– Alô, quem fala? É o senhor, senhor Mac Allermy? O Selvagem acabou de chegar.

A jovem sentiu um arrepio de pavor. Avisar Fildes… Mas não, como é que o velho se protegeria sozinho? Era o bandido que deveria ficar com medo. Ela respondeu:

– Quero falar com ele… da parte de Mac Allermy.

Ela logo ouviu a voz dura e rouca do Selvagem:

– Alô! Quem fala?

– Sou eu, Patricia. Estou telefonando para lhe dar um conselho. Fuja! Eu alertei a polícia sobre suas intenções contra Fildes. Fuja imediatamente.

– Ora! É você! – disse a voz sem expressar qualquer emoção. – Então aquele marinheiro idiota aprontou das suas. Está bem, eu vou embora. Mas preciso de cinco minutos. Ainda preciso trocar uma palavra com o senhor Fildes.

Patricia estremeceu, mas sua voz tornou-se imperiosa e seca:

– Cuidado, Selvagem. Eu contei tudo. Os policiais o seguiram de carro. Já devem estar cercando a casa. Pense na cadeira elétrica se cometer algum crime…

– Obrigado por se preocupar comigo – respondeu a voz zombeteira. – Pode deixar que vamos nos apressar.

Houve um silêncio. Então, de repente, um grito abafado. Um grito de agonia.

– Ah! Bandido! – murmurou Patricia, ofegante, quase desfalecendo. – O bandido o matou.

Descontrolada, ela desligou o telefone e fugiu atirando dinheiro ao garçom do bar. O marinheiro chegou; ela o evitou, conseguiu sair e se pôs a correr desesperadamente. Por sorte encontrou um táxi vazio e saltou para dentro dele. Completamente perdida, em vez de dar ao motorista o endereço de Frédéric Fildes ou o endereço do jornal, ela forneceu o endereço de sua casa, como um animal ferido que se refugia em sua toca.

De repente, Patricia se sentiu terrivelmente fraca, mortalmente cansada. Ela queria ir para a cama, dormir, esquecer o drama que pressentia, o drama que acontecia naquele momento exato e contra o qual ela não podia fazer mais nada. Os acontecimentos eram mais fortes do que ela.

Dormiu mal. Teve um sono entrecortado por pesadelos terríveis e que, no meio da noite, deram lugar à insônia, quando toda aquela aventura lhe pareceu ainda mais assustadora. O episódio da pasta roubada aumentava sua angústia. No entanto, ela não derivou disso a dedução lógica que deveria ter sido oferecida à sua mente, ou seja, se a pasta tivesse sido roubada de Mac Allermy, isso só poderia ter sido feito à força. Não, ela estava perfeitamente consciente de que Frédéric Fildes tinha sido vítima do Selvagem, mas nem por um segundo tinha temido por Mac Allermy; ela não adivinhou nada, não foi invadida por nenhum mau pressentimento.

Seu espanto foi profundo quando, no dia seguinte, assim que chegou ao jornal, ela viu o tumulto dos escritórios, a agitação das redações e soube que seu chefe tinha sido golpeado com uma faca em pleno coração, em uma loja na Praça de la Liberté. Praça de la Liberté! Era aquela a praça das arcadas!

Ela se retesou para não desfalecer, para se manter em silêncio. O evento a perturbava; ela sentia os mais cruéis remorsos. Não poderia ter salvado Mac Allermy? Não poderia ter agido? Patricia só pensava nisso, na sua responsabilidade pelo crime cometido! O restante, ou seja, a forma como a polícia tinha sido avisada, o que os inspetores poderiam saber sobre a loja, sobre o proprietário da loja, sobre as reuniões realizadas lá, todos esses detalhes, que foram conhecidos mais tarde, não importavam para ela naquele trágico minuto, quando, como uma criminosa, ela se repreendia por sua inação!

No entanto, ela leu todos os jornais da noite, que relatavam o assassinato com diferentes informações, comentários variados e muitas vezes uma documentação errônea sobre a vítima, uma figura proeminente cuja morte trágica e misteriosa causou forte comoção pública.

Nesses jornais estava relatado outro crime igualmente sensacional, mas que não surpreendeu Patricia: não tinha sido ela a primeira a ser informada por telefone e no momento em que ele foi cometido? Tratava-se do crime envolvendo o procurador Frédéric Fildes. Este, que em breve iria embarcar para a Europa, foi assassinado em sua casa, na noite anterior, por um estranho que tinha vindo vê-lo e que o golpeou com uma facada no coração – exatamente como aconteceu com o diretor do *Allo-Police*. "Há alguma correlação entre os dois homicídios?", interrogavam os jornais. As duas vítimas se conheciam muito bem e tinham negócios em comum. Uma quadrilha de gângsteres seria responsável por essas mortes? Teria o bando executado os dois quase ao mesmo tempo?

Na residência de Fildes, um cofre foi arrombado. Uma soma de cinquenta mil dólares havia sido roubada. Seria então o simples crime devasso de um só homem?

Patricia sabia, sem dúvida, que a mesma mão criminosa tinha atingido os dois velhos. Mas com que propósito específico? Em nome de que poder oculto? O Selvagem era um grande criminoso ou um mero instrumento? Ela queria saber. Só havia uma maneira…

* * *

No dia seguinte ao duplo crime, à tarde, Patricia foi convocada por Henry Allermy para ir à sala da direção do jornal policial de que ele, como filho e herdeiro de James Mac Allermy, havia tomado posse.

Sem manifestar emoção alguma, a jovem respondeu ao chamado. Henry Mac Allermy tinha trinta anos. Patricia, que não o via há anos, reconheceu nele, homem feito, os traços do jovem que havia conhecido outrora. Mas toda a paixão estava morta nela, assim como nele. Falaram-se com a reserva de dois estranhos.

– Senhorita – disse o jovem diretor –, a última nota escrita por meu pai em seu diário pessoal lhe diz respeito:

"Patricia… um bom caráter, energia, senso de organização. Ela estaria em seu lugar de direito como vice-diretora."

Sem olhar para a jovem, acrescentou:

– Levarei em consideração, tanto quanto possível, a opinião do meu pai sobre a senhorita. Evidentemente, se isso se adequar às suas intenções…

Patricia respondeu com a mesma reserva:

– Acredito, senhor, que a melhor maneira de servir ao jornal é dedicando-me à tarefa de vingar seu pai. Em poucas horas, vou embarcar para a França. Acabei de reservar um lugar no navio *Île-de-France*.

Henry Mac Allermy fez um gesto de espanto.

– Vai para a França? – ele exclamou.

– Sim. De acordo com algumas das palavras ditas por seu pai, posso afirmar que ele tinha a intenção de ir para lá em breve.

– E então?

– Então creio que essa viagem à França estava ligada ao caso que resultou na morte do senhor Mac Allermy.

– Tem alguma prova?

– Nada de concreto. É uma simples impressão.

– E, no momento em que o jornal mais precisa dos seus préstimos, a senhorita toma uma decisão tão séria, baseada em uma simples impressão? – observou Henry Allermy com certa ironia.

– Muitas vezes, é preciso seguir as intuições para agir – respondeu calmamente Patricia.

– Mas precisa se entender com a polícia.

– Não vejo necessidade disso. Eu não poderia fornecer à polícia nenhuma informação útil…

Houve um silêncio.

– A senhorita tem dinheiro? – retomou Henry Mac Allermy, a quem a determinação da jovem impressionou.

– Dois mil dólares que seu pai tinha depositado em minha conta como adiantamento do meu futuro trabalho.

– Não é suficiente.

– Se eu precisar de uma quantia maior para conseguir um resultado, o senhor será notificado.

– Conto com isso. Até logo, senhorita.

Separaram-se sem mais uma palavra.

Enquanto Patricia se retirava, uma jovem entrou na sala da direção sem ser anunciada. Bonita, maquiada, muito elegante em suas roupas de luto, ela passou voando por Patricia sem sequer vê-la e se atirou nos braços de Henry exclamando:

– Meu casaco novo, querido! O que acha? Ele é propício para o luto, não é?

Era a jovem esposa de Henry Allermy.

Chegada a hora, Patricia embarcou no navio *Île-de-France*. Ela estava sozinha. Uma amiga levaria seu filho, o pequeno Rodolphe, duas ou três semanas depois.

A travessia foi um grande descanso para a jovem. O isolamento entre os passageiros estrangeiros, a calma da existência a bordo derramaram sobre ela seus benefícios inevitáveis. Há situações na vida que só enxergamos claramente quando fechamos os olhos. O mar traz essa serenidade que é tão necessária em certos momentos conturbados e incertos.

Nos dois primeiros dias, Patricia não saiu de sua cabine. Não havia barulho à esquerda, pois sua cabine ficava no final de um corredor; não havia barulho à direita, pois "O passageiro vizinho jamais saía e permanecia deitado em sua cama", assegurou o comissário a Patricia.

Mas no terceiro dia, voltando de um passeio no convés, ela encontrou sua bagagem e suas gavetas em desordem. Haviam revistado sua cabine. Quem teria remexido tudo? Para encontrar o quê?

Patricia mandou verificar as trancas das portas que se comunicavam com os dois lados da cabine. Elas estavam intactas, as fechaduras fechadas com duas voltas... impossível passar por elas. No entanto, tinham conseguido passar.

No dia seguinte, outra intrusão, outra busca na cabine de Patricia. Ela não tinha dúvida. Alguém entrava na cabine em sua ausência. Mais uma vez: quem, e com que objetivo? Na esperança de se informar, ela se misturou à vida no navio para estudar os passageiros. Almoçou e jantou na sala de jantar, passeou pelo convés, frequentou os salões... escutou... observou... Não, ela não conhecia ninguém.

Enquanto isso, as buscas continuavam em sua cabine. Patricia queixou-se ao comandante, que advertiu o comissário do navio, que empreendeu buscas e mandou instaurar uma vigilância.

Vigilância e buscas em vão. Mas uma investigação pessoal, a indicação dada por pegadas no pó de arroz espalhado de uma caixa pelo chão, revelou a Patricia que o intruso vinha da cabine vizinha. Ela estava ocupada por um passageiro chamado Andrews Forb. Andrews Forb? Isso não queria dizer nada para Patricia. Mas preocupada, aflita, ela acreditava que o Selvagem estava por trás desse nome. Ou, quem sabe, o homem que lutou contra o Selvagem no patamar do *Allo-Police*… e que a salvou.

Como saber a verdade, uma vez que o passageiro vizinho nunca saía de sua cabine?

Determinada a dissipar essa dúvida que a enlouquecia, ela acompanhou o comissário em uma visita à cabine vizinha. Ele bateu na porta, negociou e, finalmente, usando sua autoridade, deixou Patricia entrar.

Patricia olhou para o passageiro misterioso e exclamou, espantada:

– Como! É o senhor, Henry?

Ela pediu ao comissário que os deixassem a sós.

Henry Mac Allermy, na presença do comissário, tinha-se contido, mas, quando ficou sozinho com a jovem, tirou a máscara de impassibilidade que tinha usado durante a conversa deles no jornal e, pálido, transtornado, atirou-se aos pés de Patricia e confessou tudo.

Ele a amava. Nunca tinha deixado de amá-la. Implorava agora por perdão por tê-la abandonado tão covardemente. Já não conseguia mais viver sem ela.

– Estou com ciúmes – concluiu ele, ofegante. – Estou sofrendo! O que significa essa sua partida? Vingar meu pai? É um pretexto! É uma mentira. A senhorita não está indo embora sozinha, Patricia! Está partindo com o homem que ama! Quem é ele? Eu não sei de nada! Mas vou descobrir! Vou arrancá-la dele! Nada mais importa além da senhorita. Meu casamento foi uma loucura. Eu a amo! Não suportarei vê-la com outro! Eu a mataria antes! Não posso admitir sua traição!

Apanhada de surpresa por tanta injustiça, Patricia se indignou:

– Mas foi o senhor quem cometeu uma traição, Henry! Eu confiei no senhor. Dei-lhe todo o meu amor! Vivia apenas para o senhor e para o nosso filho! E o senhor destruiu tudo isso! Tudo desmoronou da noite para o dia, sem motivo, sem explicação. Uma única palavra num pedaço de papel: "Adeus!". E agora fala em me matar? Mas sem Rodolphe eu já estaria morta! Perdoá-lo? Jamais. Ou, sim, o perdão concedido pelo passado cruel que não importa mais! Perdão a uma pessoa indiferente que já afastamos do pensamento e que já nem sequer é desprezada!

Ela estava determinada, altiva, implacável. Henry Mac Allermy, com um esforço enorme, recuperou um pouco do sangue frio. Ele se levantou, prometeu mudar de cabine no mesmo dia, não voltar a incomodá-la, e, assim que chegassem à Europa, regressar a Nova Iorque.

– Para cuidar do seu jornal e da sua esposa – ordenou Patricia.

Ele encolheu os ombros:

– Não, estou farto do jornal. Está fora da minha competência. Os redatores, associados uns aos outros, farão melhor do que eu. Deleguei poderes antes de partir. Vou resolver tudo de vez…

– E sua esposa?

– Odeio-a desde que a conheço melhor. Ela se impôs a mim para me tirar da senhorita. É uma criança mimada, egoísta, frívola e caprichosa!

– Seu lugar é ao lado dela. O senhor se casou com ela e deve fazê-la feliz. É seu dever!

Ele protestou, chorou, implorou mais uma vez. Mas, ao vê-la inflexível, acabou por prometer tudo o que ela exigia.

– Um covarde, um ser inconsistente e volúvel – disse Patricia ao retornar à sua cabine. – Como pude me enganar a esse ponto? Ver nele um homem digno de ser amado?

Ela não temia a presença de Henry Mac Allermy e dormiu tranquilamente naquela noite.

Mas, na manhã seguinte, soube que uma briga tinha acontecido no convés, à noite, entre dois indivíduos. Um deles atirou o outro ao mar.

O passageiro a quem chamavam de Andrews Forb tinha desaparecido desde então, e não havia dúvida de que ele era a vítima. Mas ninguém descobriu quem o tinha atirado ao mar. Ninguém tinha testemunhado a briga. Um dos combatentes fora jogado no mar; o outro havia desaparecido. Buscas foram feitas em vão, em meio à tripulação e aos viajantes. O mistério não pôde ser esclarecido.

Patricia, no entanto, tinha certeza – certeza sem provas, aliás – de que o agressor era o Selvagem, que, depois de matar o pai, tinha se livrado do filho. Ela imaginava que o Selvagem estava escondido entre os passageiros. Ela estudava todos os rostos. Mas como reconhecer um homem que só foi vislumbrado rapidamente e em circunstâncias dramáticas que não são passíveis de observação precisa?

A jovem, apesar de sua coragem, teria experimentado horas de angústia se não tivesse a impressão irracional, mas reconfortante, de que alguém cuidava dela. Sim, aquele que a salvara uma vez iria salvá-la novamente, se necessário. Estaria ele a bordo do *Île-de-France*? Por que não? Ele não tinha prometido salvá-la, defendê-la? Ele não era o grande todo-poderoso? Com a sensação de que estava protegida de qualquer possível agressão, ela pendurou no pescoço, como um fetiche benfazejo, o apito de prata que ele lhe tinha dado. Ao mínimo alerta, ela chamaria e ele viria, ela tinha certeza.

A partir de então, mais segura, ela viveu tranquilamente o resto da viagem. Nada aconteceu. Como o Selvagem, o Salvador vivia na sombra impenetrável onde ela o procurava.

Na chegada, sobre a plataforma de desembarque em frente da qual ela se posicionou, nenhum sinal lhe permitiu identificar, entre os passageiros que deixavam o navio, um ou outro dos homens que preenchiam um grande espaço em sua memória, um sinistro, vulgar e perigoso, com sua paixão tenaz, brutal e ousada; o segundo, determinado, amigável e tão poderoso que, seguro de si, fazia com que ela não tivesse mais medo de nada, já que ele tinha prometido socorrê-la e defendê-la.

* * *

Os projetos de Patricia se baseavam no seguinte raciocínio:

A grande e secreta empreitada de James Mac Allermy o havia feito decidir por uma viagem à França. Então, o Selvagem, seu assassino – sim, não havia dúvida quanto a isso – queria, ele também, chegar à França, tanto para se proteger da acusação da polícia de Nova Iorque como para dar continuação ao caso iniciado que ele queria usar em seu benefício. Sem dúvida, tendo deixado o barco clandestinamente na Inglaterra, ele tentaria chegar à França por outro meio. No Havre, Patricia alugou um carro, foi conduzida até Boulogne e depois para Calais, para vigiar os desembarques da Grã-Bretanha.

* * *

No final do dia, em Calais, um indivíduo vestindo um amplo raglã, usando um chapéu enfiado na cabeça e com a parte inferior do rosto enfiada em um cachecol cinza atravessou a passarela. A mão direita segurava uma mala pesada. Sob o braço esquerdo, entre um maço de jornais e revistas, ele escondia um pacote embrulhado em papel e amarrado, cujo tamanho correspondia ao da pasta roubada de Mac Allermy.

Patricia, cuidadosamente escondida, observava a chegada e reconheceu a figura daquele que era chamado de "O Selvagem". Ela seguiu seus passos.

Ele pegou o trem para Paris, e Patricia embarcou no vagão vizinho. Em Paris, ele seguiu para um grande hotel não muito distante da Gare du Nord. Patricia se hospedou no mesmo hotel e no mesmo andar.

Tinha certeza de que ele não suspeitava de sua presença. Ela esperou por um dia inteiro, traçando planos que abandonava em seguida. A camareira do andar, a quem pagou pelo serviço, informou-a sobre a agenda do viajante. Era simples: ele tinha dormido a tarde toda e pedido que o jantar fosse servido em seu quarto. Ele não se separava de uma grande pasta marrom com alças de couro.

Essa última informação suplantou as hesitações e os medos de Patricia. Era necessário agir antes que o bandido agisse. Era preciso tomar dele a pasta antes que ele tivesse tempo de tirar proveito dos documentos que ela continha, ou que ele a levasse para um esconderijo seguro.

Patricia pegou em sua *nécessaire* um pequeno revólver de joias, objeto de respeito sem o qual ela não viajava, e, com uma nova e polpuda gorjeta, foi levada até o quarto do Selvagem pela camareira, que lhe abriu a porta com a ajuda de uma chave-mestra.

Patricia entrou, fechou a porta e se viu sozinha com o homem.

Ele tinha acabado de jantar. O homem se levantou, e Patricia percebeu que ele era alto, tinha os ombros largos, o rosto grosseiro e bestial, que até então ela havia apenas imaginado na sombra do patamar ou do cais e que, até o momento, o estupor tornava quase cômico.

Mas ele rapidamente se recompôs e tentou gracejar.

– Patricia! Não acredito, é a senhorita! Que bela surpresa! Que simpático da sua parte vir ver um velho amigo! Sente-se! Quer fruta, café, licores? Mas, antes, não nos cumprimentamos?

Ele deu um passo em direção a ela. Ela apontou-lhe seu pequeno revólver:

– Fique tranquilo, está bem?

Ele riu, mas ficou parado:

– Então, o que posso fazer para servi-la?

– Devolva-me a pasta de couro marrom que roubou depois de matar o senhor Mac Allermy na loja para onde voltou após a reunião dos "Onze" – ordenou Patricia.

Ele riu novamente.

– Se eu julguei necessário matar para roubar essa pasta, não seria para entregá-la, ora essa! O que quer fazer com ela?

– Continuar o trabalho iniciado por meu antigo diretor. Suponho que todos os documentos indispensáveis estejam nessa pasta…

– Certamente. E, sem eles, impossível fazer alguma coisa!

– Entregue-os para mim. O senhor está cercado pela polícia. A qualquer momento podem prendê-lo por dois crimes, e os documentos estarão perdidos para nós.

– Para nós? Então concorda em trabalhar para mim, minha bela Patricia?

– Não, para mim e para o jornal.

– Quer dizer, para o seu velho amigo Allermy Junior?

– Ele está morto – disse Patricia com uma voz surda e sem conseguir conter um calafrio. – Foi atirado ao mar.

O Selvagem encolheu os ombros.

– Isso é uma piada! Alguém caiu na água, sim… E Junior, permitindo que pensassem que era ele, escondeu-se entre a multidão da terceira classe. Então não leu as últimas notícias de Nova Iorque?

– Mas então quem se afogou?

– Um emigrante italiano expulso da América depois de se envolver em histórias desonestas. Ele deve ter tentando chantagear alguém…

– E foi o homem que me salvou do senhor que o atirou ao mar?

– Não conheço esse homem.

– Está mentindo! O senhor disse que ele era Arsène Lupin!

– Não tenho certeza. Talvez seja ele… talvez não. Mas, resumindo, a senhorita quer a pasta?

– Sim.

– E se eu lhe recusar?

– Eu o entrego à polícia.

– De acordo. Mas, primeiro, vamos acertar as nossas contas.

Houve um silêncio. O Selvagem parecia hesitante. Finalmente, ele resmungou:

– O que quer que eu faça entre sua arma e a polícia?

– Entregue-me a pasta… Onde a escondeu?

– Debaixo do meu travesseiro. Espere, vou pegá-la.

Ainda sob a ameaça do pequeno revólver, o Selvagem se dirigiu até sua cama e se inclinou. De repente, como um relâmpago, pulou para o lado ao mesmo tempo que o travesseiro da cama voou pelo quarto, batendo na cara da Patricia e fazendo o revólver cair de sua mão.

O bandido se apossou da arma e passou por cima da jovem.

Na sombra do cômodo mal iluminado, ela adivinhou a expressão implacável e bestial do rosto dele e levou o apito prateado à boca.

– Alto! Ou eu apito!

– E quem virá? – tripudiou o bandido.

– Ele. Aquele que já me defendeu do senhor.

– O seu salvador misterioso?

– Meu salvador, Arsène Lupin.

– Então você acha que é ele? – disse o Selvagem, que havia recuado.

– Você também acredita – disse Patricia. – E está com medo!

Ele esboçou um tripúdio.

– Bem, assobie então! Que ele venha! Quero conhecê-lo melhor.

Mas era um desejo muito relativo, porque ele deixou a jovem partir.

Patricia retornou ao seu quarto, determinada a fazer outra tentativa no dia seguinte e, desta vez, notificando a polícia se preciso fosse.

Ela dormiu por algumas horas e de manhã foi acordada por passadas que iam e vinham e por sons de vozes animadas.

Após levantar-se, soube pela camareira que, durante a madrugada, aquele a quem ela chamava de Selvagem tinha sido gravemente ferido na cabeça por uma porretada. Mas ele ainda estava vivo e não corria o risco de morrer. Nada se sabia sobre o agressor, que tinha passado despercebido em meio às chegadas e partidas dos viajantes.

Usando sua carteira de repórter, Patricia pôde facilmente se intrometer na investigação preliminar do comissário da polícia. Ela não descobriu nada, mas, de volta ao hotel, a camareira, percebendo que o homem ferido a interessava, por uma razão ou outra ofereceu entregar-lhe, em troca de uma recompensa, a caderneta do homem agredido. Ela a havia encontrado atrás do aquecedor do quarto. Patricia aceitou e perguntou pela pasta. Ninguém tinha encontrado. O agressor do Selvagem certamente a tinha levado. Foi provavelmente para pegá-la que ele agrediu a vítima.

No suporte de cartões, Patricia encontrou uma pequena carteira de identidade com uma fotografia protegida sob uma folha de mica. O verso da foto trazia esta linha escrita por Mac Allermy:

(M) – Paule Sinner número 3.

Uma página de anotações da caderneta indicava o endereço em Portsmouth de um certo Edgar Becker (taberna Saint-George). As outras páginas estavam em branco. Patricia presumiu que esse Edgar Becker era provavelmente o agressor do Selvagem e, portanto, o ladrão da pasta. Desejando se informar e esperando ver o homem pessoalmente, caso ele tivesse, o que era provável, voltado para a Inglaterra com seus espólios, ela partiu imediatamente para o Havre, atravessou o Canal da Mancha e chegou a Portsmouth.

Lá ela encontrou facilmente a taberna Saint-George, uma pequena taberna ao lado do porto. O estabelecimento estava tumultuado. O proprietário, um homem ruivo e falador, informou a jovem. Um crime havia acontecido ali algumas horas mais cedo. Edgar Becker, que estava hospedado no hotel da taberna, tinha sido assassinado. Ele voltava de uma curta viagem à França…

– Ele tinha uma pasta de couro marrom? – perguntou Patricia, tentando dominar sua superexcitação.

– Positivo, senhorita. Eu a vi em sua mala. Becker se retirou para descansar. Então, ninguém sabia o que tinha acontecido, porque ninguém tinha visto nada. Mas, três horas depois, a empregada encontrou Becker estrangulado.

– E a pasta? – perguntou Patricia.

– Nenhum sinal dela. Mas encontrei uma caderneta. Esqueci-me de dizer isso à polícia.

– Dez libras em troca dessa caderneta – disse a jovem.

O proprietário não hesitou.

– Oh! Se a senhorita assim desejar. Não tenho o que fazer com ela; além disso, Becker me devia dinheiro e não é a polícia que vai pagar…

A caderneta, semelhante à do Selvagem, continha o mesmo tipo de carteira de identidade, assinada pelo senhor Allermy, e uma foto do mesmo formato, com esta notação:

(M) – Paule Sinner número 4.

Patricia voltou para a França, hospedou-se em um hotel no bairro Étoile e três dias depois telegrafou ao jornal *Allo-Police* o famoso artigo que fez tanto burburinho nos Estados Unidos e em todos os países do mundo. O artigo começava com as seguintes linhas sensacionalistas:

Quatro crimes foram cometidos, dois em Nova Iorque, um na Inglaterra, outro em Paris. Aparentemente, não há nada em comum entre eles e eu não acredito que a polícia, mesmo que tenha suspeitado disso por um tempo, pelo menos em relação aos dois crimes de Nova Iorque, conseguiria descobrir a existência de qualquer conexão. Mas se trata do mesmo crime e vou provar.

Patricia então discorreu sobre sua conversa com Mac Allermy, as razões pelas quais o havia seguido uma noite pelas ruas, o encontro dos Onze na loja da Place de la Liberté, o roubo da pasta de couro marrom, seu trágico telefonema para Frédéric Fildes, sua viagem à Europa e, finalmente, tudo o que sabia sobre os outros dois crimes.

E que habilidade empregou nessa narrativa! Que clareza magistral nas deduções! Que atmosfera criada desde as primeiras linhas! Ah! Ela tinha aproveitado bem a lição dada pelo velho Allermy!

O artigo terminava com uma página que resumia toda a sua força e lhe dava todo um significado:

Assim, um conciliábulo, obviamente preparado há muito tempo, reuniu onze pessoas para uma missão que parece de considerável importância. E quais são os primeiros resultados do esforço acordado? Três homens mortos e uma tentativa de assassinato! Isso significa que a tal missão é uma daquelas que só podem produzir assassinato, roubo ou ignomínia? Não. Ela germinou no cérebro de dois homens, dois amigos de indiscutível moralidade e de caráter acima de qualquer suspeita! Mac Allermy e o procurador Frédéric Fildes! Mas ela é difícil, cheia de armadilhas, perigos e obstáculos. Os dois amigos devem escolher seus companheiros em meio a pessoas suspeitas: cavaleiros da indústria, os homens faz-tudo, bandidos de todas as classes cujas exigências e apetites dissimulados Mac Allermy previu quando me disse: "Suponhamos que eu esteja envolvido em alguma aventura que me levará à morte". E foi o que aconteceu rapidamente. Os dois homens honestos logo foram assassinados, os documentos indispensáveis para o sucesso da empreita foram roubados e há agora um bando de animais selvagens espalhados pelo mundo, com ambições ferozes e um objetivo que os excita, que os torna ainda mais impiedosos... Consequência: outras duas vítimas. E ainda não acabou.

Hipótese, vocês dirão. Suposições sem provas reais?

Guardei minhas provas para a conclusão. Ou melhor, a minha prova, porque só há uma, mas ela é irrefutável, e a polícia de Nova Iorque saberá dar a ela toda a sua importância.

Foi a descoberta dessas duas carteiras de identidade que recolhi e que pertenciam ao Selvagem e a Edgar Becker. Estou convencida de que o mesmo documento deve ter sido ou será encontrado entre os papéis do senhor Mac Allermy e do procurador Frédéric Fildes...

E, de fato, assim que o artigo chegou ao conhecimento da polícia de Nova Iorque, foram feitas buscas nos documentos dos dois amigos assassinados e foram encontradas duas carteiras de identidade às quais a polícia dedicou grande atenção.

Encontraram a inscrição das seguintes indicações:

Na de Frédéric Fildes:

(M) – Paule Sinner número 2.

Na de James Mac Allermy:

(M) – Paule Sinner número 1.

A prova tinha sido encontrada: nas quatro vítimas, a mesma indicação. Senha? Sinal de união? Nome de uma mulher real? Apelido particular que significa "Paule, a Pecadora"? Mistério! Mistério completo! Sim, mas, em todo caso, era preciso assumir que os sete cúmplices sobreviventes estavam reunidos pelo mesmo nome:

Paule Sinner

que acompanhava um número de série que os designava na tenebrosa associação e que precedia um M maiúsculo.

Mas, na mesma noite após essa descoberta, os dois documentos dos dois homens assassinados desapareceram da delegacia. Como? Mais um mistério...

HORACE VELMONT, DUQUE DE AUTEUIL-LONGCHAMP

Caminhando silenciosamente, segurando sua respiração, Victoire, a velha babá, entrou no banheiro onde seu patrão, embrulhado em um roupão multicolorido, dormia sobre um divã.

Sem abrir os olhos, ele resmungou:

– Por que tantas precauções? Você pode bater as portas, quebrar pratos, dançar um foxtrote ou tocar tambor; eu nunca acordo até que decida fazê-lo. Até logo, Victoire.

Enfiando a cabeça nos travesseiros, ele voltou a dormir.

Victoire o contemplou durante um bom tempo, com êxtase, murmurando: “Quando dorme, ele não tem aquele sorriso zombeteiro ou aquele ar de energia agressiva que lhe são peculiares no estado de vigília e que sempre me preocupam um pouco. Eu, sua velha babá, depois de tantos anos, ainda não fui capaz de me habituar a isso”.

Ela retomou, finalmente, para si mesma:

– Ele dorme como uma criança… Ah! Agora está sorrindo. Certamente tem bons sonhos… sua consciência está tranquila, é visível. Como seu rosto está calmo! E como ele parece jovem! Ninguém diria que já tem quase cinquenta anos.

Ela não continuou. O dorminhoco a ouviu, sobressaltou-se e a agarrou pelo pescoço.

– Quer calar a boca? – ele exclamou. – Por acaso eu vou dizer sua idade ao salsicheiro da esquina, que a corteja?

Victoire estava sufocando, sobretudo de indignação, porque a mão hercúlea que a segurava pelo pescoço continuava a apertá-la:

– O salsicheiro da esquina. Oh!

– Você me difama gritando minha idade ridícula.

– Não há ninguém aqui.

– Eu estou aqui, eu, que não tenho nem trinta anos. Então por que me magoar com números irrisórios?

Ele se sentou novamente sobre o divã, bocejou, bebeu um copo de água e beijou a babá com a ternura de uma criança, exclamando:

– Nunca fui tão feliz, Victoire!

– E por quê, meu rapaz?

– Porque dei um jeito em minha vida. Nada de aventuras! As de Victor e as de Cagliostro[2] serão as últimas. Estou farto! Protegi minha fortuna e quero usufruir dela sem aborrecimentos, como um grande senhor multimilionário. E também estou farto de todas as mulheres! Farto do amor! Farto das conquistas! Farto dos sentimentalismos, das serenatas! Farto das noites de luar! Farto de tudo! Extenuado! Traga-me uma camisa engomada e meu casaco número 1.

– Vai sair?

– Sim, Horace Velmont, o único descendente de uma antiga família de navegadores franceses que emigraram para o Transvaal, e que ficou rico por meio dos mais honestos procedimentos, estará hoje à noite na grande festa anual do banqueiro Angelmann. Faça com que eu me apresente bem vestido, minha velha!

[2] Referência às personagens de romances anteriores de Maurice Leblanc: *Victor de la Brigade Mondaine* e *La Cagliostro se venge*, respectivamente. (N.T.)

* * *

Às dez e meia, Horace Velmont chegava em frente ao luxuoso edifício do bairro Saint-Honoré, que abriga tanto o banco Angelmann como os apartamentos do banqueiro. Ao passar sob a abóbada, entre os corpos de edifícios reservados aos escritórios, ele entrou no pátio limitado pelas asas reservadas à habitação e que se estende pelo relvado de um belo jardim que vai até os Champs-Élysées.

Dois toldos se estendiam sobre esse pátio e esse relvado. O fundo era ocupado por uma feira com cavalos de madeira, balanços, atrações de todos os tipos, tendas de exibições de fenômenos, ringues reservados ao boxe e à pitoresca luta livre. Nesse deslumbrante cenário de luz, centenas de pessoas se aglomeravam. Três orquestras e três grupos de *jazz* se provocavam.

Angelmann recebia seus convidados na entrada. Ainda jovem sob os cabelos brancos, a figura asseada e rosada, o ar fotogênico de um financiador americano de cinema, ele tinha arquitetado sua situação na base sólida de três falências suportadas com arte, honra e dignidade. Não muito longe dele estava sua esposa, a bela senhora Angelmann, como seus inúmeros admiradores a chamavam.

Horace cerrou a mão do banqueiro.

– Olá, Angelmann.

Angelmann respondeu com tanta amabilidade que ele parecia incapaz de colocar um nome naquele rosto.

– Olá, caro amigo, que gentileza ter vindo!

O caro amigo esboçou um movimento de quem iria se afastar, depois deu meia-volta e disse em voz baixa:

– Sabe quem eu sou, Angelmann?

O banqueiro reprimiu uma comoção e respondeu no mesmo tom:

– Confesso que não tenho tanta certeza. Você tem tantos nomes!

– Sou um cavalheiro que não gosta que zombem dele, Angelmann. Sem nenhuma prova formal, tenho a impressão de que está me traindo.

– Eu, trair o sen… você!

Dedos de aço se incrustaram em seu ombro com a aparência de fazer um gesto amigável. A voz baixa acrescentou duramente:

– Ouça-me, Angelmann. No dia em que eu tiver certeza, vou partir você como vidro. Você deixará de existir. Enquanto isso, vou lhe dar uma oportunidade. Mas escolho como promessa de lealdade sua admirável companheira.

O banqueiro empalideceu, mas ele estava em público, em casa, e rapidamente se controlou e retomou seu sorriso mundano.

Nesse ínterim, Horace seguiu adiante e se curvou perante a bela senhora Angelmann. Com uma perfeita facilidade de grande senhor e um galanteio estudado, ele beijou a mão dela e, de pé, sussurrou:

– Boa noite, Marie-Thérèse. E então, sempre jovem, sempre atraente, sempre virtuosa?

Ele gracejou, ela sorriu e sussurrou com a mesma ironia:

– E você, belo tenebroso, sempre honesto?

– Claro, a honestidade é um dos meus adornos. Mas não é isso que as mulheres preferem em mim, não é mesmo, Marie-Thérèse?

– Pretensioso!

Ela corou ligeiramente enquanto encolhia os ombros, e ele, em um tom mais sério, concluiu:

– Tome conta do seu marido, Marie-Thérèse. Acredite em mim, tome conta dele.

– O que está acontecendo? – ela balbuciou.

– Oh! Não se trata de cortesia. Como ser infiel à bela Marie-Thérèse! São coisas mais sérias. Acredite em mim, cuide dele.

Horace, sorrindo e satisfeito consigo mesmo, dirigiu-se às atrações do jardim.

Ele vagou por algum tempo entre a multidão. Havia muitas belas mulheres. Ele sorriu para algumas que conhecia. Ao responder ao seu sorriso, várias coraram ligeiramente e o seguiram com os olhos. Ele parecia determinado a se divertir. Deu uma volta no carrossel e, em seguida, aproximou-se de uma tenda de lutadores. Um velho atleta de maiô rosa e calça de estampa de tigre tinha acabado de quebrar o pulso lutando contra um enorme profissional fanfarrão e brutal. Horace, com o chapéu na mão, procurou pelo velho atleta, depois entrou na tenda e logo voltou ao ringue também de maiô, o que permitiu que se apreciasse a harmonia de sua musculatura ondulosa e flexível. Ele desafiou o colossal lutador e duas vezes o derrubou usando os melhores métodos japoneses. O público, entusiasmado, aclamou, e, quando ele saiu da tenda vestido para a luta, foi cercado pela multidão curiosa. Com um sorriso no rosto, ele caminhou até a pista onde os dançarinos se apresentavam.

Um casal atraía a atenção dos presentes, dispostos em um círculo, por sua agilidade acrobática. Horace também observava com interesse quando um cavalheiro se aproximou e se posicionou na frente dele. O cavalheiro era muito alto. Horace não viu mais nada. Ele se deslocou para o lado. O cavalheiro, algum tempo depois, fez o mesmo e, novamente, impediu sua visão. Horace ia protestar quando houve uma agitação no meio do público. O cavalheiro recuou e pisou no pé de Horace. Ele não tinha feito de propósito, mas não pediu desculpas.

– Não se pede mais desculpa, diabos! – resmungou Horace.

O cavalheiro se virou. Era um jovem magro, elegante, envernizado, de cabelos crespos, muito bem vestido, além de ser um jovem bonito, de barba encaracolada, emoldurando um rosto com traços de levantino. Ele olhou para Horace, mas não se desculpou.

A dança chegava ao fim. A orquestra emendou um tango. O levantino então se curvou para uma bela jovem de traços anglo-saxões que estava a poucos passos de distância e cuja graça curvilínea Horace havia notado. Ela pareceu hesitar por um segundo, então aceitou o convite. Ambos dançaram tão perfeitamente que um círculo se formou para vê-los.

Após acompanhar a jovem de volta ao seu lugar, o levantino veio novamente se posicionar na frente de Horace Velmont. Mas, desta vez, Horace, sem paciência, agarrou-o pelo braço e o empurrou. O levantino, irritado, virou-se bruscamente.

– Senhor…

– Que grosseirão! – afirmou Velmont.

O homem corou de raiva e disse com altivez:

– É uma hipótese?

– Não. Uma constatação!

– Estou ofendido.

– Espero que sim.

O levantino, com um grande gesto digno, tirou um cartão do bolso.

– Conde Amalti di Amalto! Seu nome, senhor?

– Arquiduque de Auteuil-Longchamp.

As pessoas se reuniram e riram do sangue-frio gracejador de Horace Velmont. O furioso levantino corou. Ele perguntou:

– Seu endereço, senhor?

– Aqui.

– Aqui?

– Sim. As situações graves, e esta me parece muito grave, eu sempre resolvo de imediato, e no local. O senhor se diz ofendido. Pois que seja! Que arma escolhe? A espada? A arma? A machadinha? O punhal envenenado? O canhão? A balestra modelo 1430?

As pessoas riam cada vez mais à volta deles. O estrangeiro, sentindo o ridículo que o ameaçava com aquele adversário irônico e determinado, dominou sua raiva e respondeu friamente:

– A arma, senhor!

– Vamos lá.

Eles estavam muito perto de uma barraca de tiro ao alvo, equipada com alvos, cachimbos e jatos de água de onde saltavam cascas de ovos. Horace pegou duas compridas pistolas Flobert de dois tiros que datam do Segundo Império, mandou que as carregassem diante de seus olhos e apresentou uma delas ao conde Amalti, dizendo-lhe com seriedade:

Assim que duas cascas de ovo forem baleadas, a honra estará segura.

O levantino hesitou por um segundo, depois se resignou à piada. Ele pegou a arma, mirou por muito tempo e errou o tiro. Horace pegou a arma de suas mãos e segurou ambas as armas negligentemente nas extremidades de seus braços estendidos. Sem mirar, puxou o gatilho e derrubou duas cascas de ovo.

A multidão o aclamou.

– A honra está assegurada, senhor – disse Horace. – Nossas duas conchas rolaram pelo chão.

E ele estendeu a mão ao conde Amalti, que se pôs a rir e respondeu:

– Bravo, senhor! Sagacidade e habilidade. É mais do que preciso! Será um prazer revê-lo.

– Eu, não! – disse Horace, com serenidade, e rapidamente se afastou para escapar da curiosidade do público.

Ele passeou durante algum tempo por um canto relativamente deserto do jardim e já se aproximava da saída quando uma mão se apoiou em seu ombro.

– Posso lhe falar, senhor? – disse uma voz feminina.

Horace se voltou.

– Ah! A bela senhora anglo-saxã! – ele exclamou em um tom de satisfação.

– Americana e senhorita! – ela respondeu.

Ele se curvou cerimoniosamente.

– Devo me apresentar, senhorita?

– Inútil – disse ela, rindo. – Arquiduque de Auteuil-Longchamp é suficiente para mim.

– Está bem, mas não tenho a honra de conhecê-la, senhorita!

– O senhor tem certeza disso? Vejamos. Nós nos encontramos nas escadas de uma casa em Nova Iorque. Não se lembra? Além disso, eu o estou observando há uma hora.

– Uma vigilância, então?

– Sim.

– E por quê?

– Porque o senhor é certamente o homem que procuro há alguns dias.

– Que tipo de homem procura?

– Um que possa me fazer um grande favor.

– Eu sou o homem que pode fazer um grande favor a uma mulher bonita – disse Horace, sempre galante. – Senhorita, estou às suas ordens.

Ele lhe ofereceu o braço e a conduziu entre a multidão até o lugar relativamente deserto de onde tinha vindo. Sentaram-se sob as árvores do jardim.

– Não está com frio? – perguntou Horace.

– Eu nunca tenho frio – ela respondeu, retirando a echarpe que cobria seus ombros nus.

– Obrigado – disse Horace com convicção.

Ela ficou surpresa.

– Obrigado pelo quê?

– Pelo espetáculo que me permite contemplar. Rudemente belo. Um mármore grego!

Ela franziu a testa, corou ligeiramente e trouxe a echarpe de volta aos ombros.

– Pode me ouvir com seriedade, senhor? – ela perguntou em um tom seco.

– Claro, eu terei muita alegria em lhe ser útil!

– Então, aqui está: sou associada a um grande jornal da polícia americana. Isso me levou a me envolver em um caso criminal cujos últimos episódios aconteceram na França: o caso Mac Allermy! Depois de conquistar um enorme sucesso por minha colaboração com o jornal, estou, há dois meses, me desdobrando em esforços que não levam a nada. Sem saber o que fazer, fui, há dois dias, visitar na delegacia de polícia um corajoso inspetor que já tinha me ajudado com seus conselhos. Desta vez ele acabou exclamando: "Ah! Se você pudesse contar com a colaboração de Machin[3]!"

– "Machin"? – Horace perguntou.

[3] A palavra *machin*, em francês, pode significar "fulano, sujeito", ou seja, a palavra que se emprega quando não se sabe o nome de uma pessoa. (N.T.)

– É como chamamos um tipo extraordinário que às vezes se diverte a trabalhar conosco, conforme me disse o inspetor. Ignoramos seu nome e também sua verdadeira fisionomia. Ele é um homem do mundo, ao que parece, um grande senhor muito rico. Ele sempre age de forma singular e tem uma força física e uma habilidade incríveis. Além disso, tem uma calma que nada perturba. Mas onde encontrá-lo? Ah! Veja. Amanhã, em seu hotel no bairro Saint-Honoré, o barão Angelmann fará sua festa anual para a qual convida toda a cidade de Paris. Machin certamente estará lá. Cabe ao senhor encontrá-lo e fazê-lo se interessar por sua empreitada.

– Então por isso a senhorita veio aqui? – disse Horace. – E, como me viu vencer um atleta da feira, desafiar e duelar contra cascas de ovo, pensou: "Aí está Machin!".

– Sim – respondeu a americana.

– Bem, senhorita, sou eu mesmo, Machin, e estou ao seu dispor.

– Obrigada, então vou começar. Sabe alguma coisa sobre o caso americano que acabei de mencionar?

– O caso Mac Allermy? Um pouco.

– Como soube dele?

– Li sobre isso em um artigo publicado por uma mulher.

– Sim, por mim, Patricia Johnston.

– Meus parabéns!

– Sem ressalvas? – perguntou Patricia, que ficou em alerta pelo tom do elogio.

– Com uma ressalva: o artigo ficou muito bem feito, muito literário, muito valorizado. Quando se trata de crime, eu gosto da narrativa direta, não "contada", não embelezada, sem procurar por frases de efeito, sem grandes reviravoltas. O romance policial me dá sono.

Ela sorriu.

– O oposto do conselho que me deu o senhor Allermy, de quem eu era secretária. Mas vamos continuar. Eis o que descobri.

Ela relatou os fatos resumidamente. Ele escutou atentamente, sem tirar os olhos dela. Quando ela terminou, ele disse:

– Agora entendi tudo!

– Minha explicação é mais clara do que meu artigo?

– Não, a senhorita contou a história com seus lábios, e seus lábios são deliciosos.

Ela corou de novo e, descontente, murmurou:

– Ah! Esses franceses. São todos iguais…

– Todos, senhorita – disse ele calmamente. – Não posso conversar com uma mulher de coração aberto até dizer o que penso dela. Uma questão de lealdade, se é que me entende. Agora que prestei homenagem à sua beleza, aos seus ombros e aos seus lábios, podemos concluir. O que a incomoda?

– Tudo.

– Desde o quarto crime em Portsmouth, nenhuma novidade?

– Nenhuma.

– Nenhum indício?

– Nenhum. Estou em Paris há quase três meses, e há quase três meses tenho procurado em vão.

– A culpa é sua.

– Culpa minha?

– Sim. O acaso lhe forneceu fatos dos quais a senhorita só extraiu uma pequena parte da verdade.

– Eu extraí dos fatos o máximo que pude.

– Não. A prova é que, ao ouvi-la, eu extraí muito mais. Então, se está estagnada, a culpa é sua. Houve negligência da sua parte, preguiça mental.

– Em que eu fui negligente e preguiçosa? – perguntou Patricia um pouco ofendida.

– A senhorita aceitou muito facilmente a explicação do nome de Paule Sinner. Sinner significa "Pecador" em inglês. Então concluiu que Paule Sinner significa "Paule, a Pecadora". Explicação sumária, demasiado fácil. Seria preciso se aprofundar na realidade e recordar o que o senhor Arsène Lupin tinha feito no passado. A senhorita o conhece?

– Lendo as suas façanhas, sim, como todo mundo. Mas, pessoalmente, acho que não o conheço.

– Não sabe o que está perdendo – disse Horace.

– O que ele fez? – ela perguntou, curiosa.

– Por diversão, ele por duas vezes embaralhou as letras de seu primeiro e último nome e as reconstituiu de outra forma, o que lhe permitiu, por um tempo, ser o príncipe russo Paul Sernine e, mais tarde, ser o nobre português Luis Perenna. Ninguém suspeitou.

Enquanto falava, Horace tirou da carteira alguns cartões de visita que ele rasgou ao meio, obtendo assim onze pequenos cartões em cada um dos quais ele escreveu uma letra das duas palavras "Paule Sinner". Depois ofereceu tudo à jovem dizendo:

– Leia na ordem.

Ela leu as onze letras em voz alta:

A. R. S. E. N. E. L. U. P. I. N.

– O que significa isso? – ela questionou, confusa.

– Isso significa, bela senhorita Patricia, que as onze letras do nome de Arsène Lupin foram usadas para criar um primeiro nome e sobrenome de onze letras: Paule Sinner.

– Então Paule Sinner não existe? – perguntou Patricia.

Horace acenou com a cabeça.

– Ela não existe. Uma simples senha e contrassenha que a senhorita muito bem atribuiu à quadrilha de Nova Iorque.

– Fórmula que, na realidade, escondia o nome de Arsène Lupin?

– É isso.

– Que Arsène Lupin tem um papel nessa aventura, um papel de líder, está claro?

– Acho que não. Obviamente, parece que é assim que o caso deve ser apresentado, mas, além dos hábitos pacíficos de Lupin, que não estariam de acordo com os quatro crimes já cometidos, tenho razões para crer que a associação, que parece estar sob a liderança de Lupin, foi fundada, ao contrário, para importuná-lo. Obra moral, Mac Allermy lhe disse! Para puritanos como ele e Frédéric Fildes, seria a obra mais moral e mais meritória do que atacar um malfeitor, fazê-lo restituir o que roubou e dar à associação a força ilimitada que pode render em mãos experientes a enorme fortuna de Lupin? Ou roubam-no ou o chantageiam.

"'A Máfia contra Arsène Lupin é, parece-me, o lema, a palavra de ordem, a diretiva dessa nova cruzada. O incrédulo, o infiel, o sarraceno que deve ser combatido e destruído parece-me, neste caso, ser o senhor Arsène Lupin, e os Cruzados, os Godofredo de Bulhão, os Ricardo Coração de Leão, os Saint Louis, que se alistaram para conquistar Jerusalém, são Mac Allermy, Frédéric Fildes e o Selvagem. Não está convencida, como eu?

– Oh! Sim – ela disse, com toda a sinceridade. – Da maneira como eu conhecia Mac Allermy, imagino-o tranquilamente entrando na luta para destruir o anticristo que Arsène Lupin representava aos seus olhos.

A MÁFIA

Patricia permaneceu pensativa por um bom tempo. Finalmente, murmurou para si mesma:

– Então, a Máfia contra Arsène Lupin!

Ela levantou a cabeça e, olhando nos olhos de Horace Velmont:

– A Máfia… – ela repetiu. – Sim, sua conclusão deve ser precisa.

– Certamente – disse ele –, e essa Máfia, de origem americana, não limita seu papel ao magnífico objetivo a que seus líderes se propuseram, que é a luta contra o mal. Não, eles querem dinheiro imediatamente. Então, enquanto isso, eles oferecem seus serviços como faziam os mercenários de outrora. Eles se filiam aos interesses dos indivíduos que pretendem executar uma vingança ou se defender de represálias, ou ainda aos interesses de facções políticas que resolveram se livrar de um adversário qualquer, alto funcionário incômodo, general inimigo ou estadista muito enérgico.

– Então, essa Máfia de que falam tanto é essa?

– Sim.

– E o senhor tem provas?

– A senhorita poderia tê-las adquirido também, assim como a polícia e todo mundo. As carteiras de identidade e de reconhecimento dos conspiradores, que a senhorita descobriu e publicou, têm um M maiúsculo, certo?

– De fato.

– M é a primeira letra da palavra Máfia; em seguida, as letras M e A, iniciais de Mac Allermy, e as letras FF[4], que são as iniciais de Frédéric Fildes. Além disso, eu soube que o homem que trabalhou como secretário de Mac Allermy ("O Selvagem", como a senhorita o trata) aquele que se tornou o chefe da gangue, se chama Maffiano. Foi no nome desse siciliano de Palermo que os líderes acharam a palavra Máfia. A Máfia, antigamente uma associação de criminosos sicilianos que pretendiam encobrir seus crimes com uma justificativa política. A Máfia de sinistra lembrança...

– É dessa mesma Máfia de que tanto falam há algum tempo na França?

– Não sei. Vejo-a mais como uma palavra genérica que tem um bom efeito e que, na minha opinião, se refere ao espírito do mal em todas as suas formas. Existe uma Máfia mundial à qual estão ligadas mais ou menos todas as quadrilhas dispersas pelos diferentes países e que constituem uma formidável afiliação com o objetivo de roubar e assassinar. De todo modo, sabemos que em Nova Iorque existe um núcleo de organização, um centro de ação que se estende para a Europa e que foi obra de Mac Allermy e de Frédéric Fildes, que ignoravam os bastidores criminosos e queriam fazer dela uma força benevolente. De acordo com as informações que levantei, esse centro de ação é dividido em dois grupos: os militantes, agentes de execução à frente dos quais está o siciliano Maffiano, e um comitê de controle e contabilidade, uma espécie de conselho de administração criado por dois amigos que recolhe as contribuições e, acima de tudo, distribui os lucros. Em geral, nessas espécies de afiliação os regulamentos são muito rigorosos, e as distribuições são de uma regularidade absolutamente escrupulosa. Cada um recebe sua parte, de acordo com a patente e o número de ordem na hierarquia. Era como acontecia antigamente nas associações de flibusteiros. Por qualquer violação das leis da probidade,

[4] A grafia no original é Maffia. (N.T.)

por cada falha, apenas um castigo: a morte. E o culpado jamais escapava. Não há esconderijo seguro para ele nem disfarce que o mantenha fora de perigo. Cedo ou tarde, seu cadáver é encontrado e perfurado com um punhal gravado com a letra M… Máfia!

Antes de responder, Patricia se manteve novamente em silêncio por um momento, imersa em profundas reflexões.

– Certo – disse ela. – Estamos de acordo. O senhor tem razão em todos os pontos. Mas, se eu cometi um erro grave em não tirar desse nome, Paule Sinner, o completo significado que ele carregava, como poderia saber o que a letra M significava e o que havia de temível nessa pavorosa associação? É preciso que o senhor tenha tido acesso a informações específicas.

– Claro! – concordou Horace Velmont.

– Mas de que maneira? Um dos afiliados cometeu traição?

– Justamente! Um ex-cúmplice de Arsène Lupin.

– Ou seja, um cúmplice seu, admita!

– Se isso lhe agrada, mas isso não tem nenhuma importância agora. O ex-cúmplice de Lupin, que se tornou gângster em Nova Iorque, foi contratado por Mac Allermy e, quando soube o que estava sendo tramado contra Arsène Lupin, veio me avisar. Imediatamente, peguei o barco para Nova Iorque, tramei junto de Mac Allermy e vendi-lhe um importante dossiê. Depois disso, candidatei-me à afiliação.

– O senhor faz parte da Máfia!

– Sim, e também do comitê superior. Aqui está meu cartão: Paule Sinner, número 11.

– É assombroso – murmurou a jovem, com uma admiração perplexa. – É uma habilidade e audácia maravilhosa e quase inacreditável.

– Então – ele continuou –, agora compreende?

Ele se interrompeu bruscamente e falou com a voz mais alta, como se continuasse uma conversa:

– Enfim, senhorita, a baronesa, ao descobrir que seu retrato a representava ruiva quando ela agora é platinada, o recusou. O pintor quer processá-la. E a situação agora é essa.

Patricia olhou para ele com espanto. Ele acrescentou com a voz muito baixa:

– Tenha sangue frio. Não, não estou louco. Estamos sendo espionados.

– Que história divertida – respondeu Patricia, rindo alto.

– Não é mesmo? – concordou Velmont.

E num sussurro:

– Vê aqueles três ou quatro rapazes com trajes de gala, que se misturam com a multidão de convidados, mas que se destacam por um certo ar sombrio, furtivo e sinistro de quem sente o cheiro de seu bandido a quilômetros de distância? Eles não a fazem lembrar de alguma coisa?

– Sim – disse a jovem com uma superexcitação contida –, eles me lembram os indivíduos que eu vi em Nova Iorque na noite do crime, sob as arcadas da Praça de la Liberté.

– Precisamente.

– É o senhor que eles estão procurando!

– Sem dúvida nenhuma – disse Horace calmamente. – Então pense que a Associação foi fundada por onze pessoas. Se restarem apenas quatro, ou mesmo três, no momento da partilha, esses quatro ou esses três ficarão com todos os espólios para eles. É por isso que a própria quadrilha se extermina gradativamente. Em breve, por eliminações sucessivas, restará apenas um cúmplice no momento do acerto de contas e da dissolução que acontecerá no final de setembro. Olhe para a direita… conhece aquele sujeito alto com as pernas e os braços compridos?

– Juro que não.

– Foi com ele que a senhorita dançou há pouco, o que foi um erro. A senhorita deveria ter recusado. Ah, ele está indo embora… Conde Amalti di Amalto, barão de Maffiano.

– O Selvagem? Um dos cúmplices? Aquele que consideram o líder?

– Sim… O conselheiro íntimo de Mac Allermy, o seu faz-tudo. Aquele que a perseguia, escondido nas sombras… Aquele que assassinou Mac Allermy e Frédéric Fildes…

– E que foi atingido, também, no hotel em Paris, onde o vi!

– Atingido, mas não morto. Ele sobreviveu ao ferimento e desapareceu do hospital antes da publicação do seu artigo, que revelou o papel que ele desempenhou desde o início e que o teria levado à prisão.

A jovem, apesar da sua coragem, estremeceu.

– Oh! Eu não sabia disso! Tenho medo desse homem! Proteja-se, por favor!

– Proteja-se também, Patricia. Enquanto esse homem estiver atrás da senhorita, ele não a deixará em paz. E é um perigo constante.

Ela tentou controlar sua ansiedade.

– Mas o que tenho a temer?

– O mesmo que eu.

– Mas eu não faço parte da quadrilha deles.

– É verdade! Contudo, a senhorita é inimiga deles. Dez minutos depois que deixou Nova Iorque, a mesma mensagem foi telegrafada para cada um dos afiliados na Europa: "Patricia Johnston, secretária, embarca para vingar os números 1 e 2 M". Desde então, a senhorita está sendo vigiada e condenada. A morte a espreita esta noite. Vamos sair daqui juntos. Comigo não terá nada a temer e passará a noite em minha casa.

– Está bem – ela disse docilmente. – Mas, e certifique-se de que penso tanto na sua segurança como na minha, o senhor não me disse que eles conheciam todas as casas de Lupin?

– A lista que eu forneci antecede a morte de Mac Allermy. Minha atual residência não está mencionada.

Ele se levantou.

– Venha, Patricia. Apoie sua cabeça no meu ombro, permita-me abraçá-la respeitosamente. Isso, assim… e vamos partir juntos, não como amedrontados cúmplices que procuram fugir, se proteger e socorrer um ao outro, mas como apaixonados que se abraçam ternamente, completamente embriagados de paixão. Venha, Patricia, venha!

A jovem obedeceu. Eles partiram, lado a lado, caminhando de maneira forçada e apoiados um no outro.

Eles se dirigiam para a saída, mas, no momento em que passaram por uma das regiões escuras e desertas do jardim, uma figura masculina magra e alta surgiu de repente diante deles.

A mão de Horace Velmont soltou a cintura da Patricia e, rápida como um raio, apontou uma lanterna para o rosto do sujeito. Sua outra mão livre estava pronta para agarrá-lo pelo pescoço.

Horace esboçou um sorriso.

– Então é você, Amalti di Amalto, barão de Maffiano. – É você, "O Selvagem". Afaste-se um pouco para nos deixar a passagem livre. Você não tem uma cara que eu gostaria de encontrar no canto de um bosque. E, mesmo aqui, prefiro evitá-lo. Não quero que me mate como matou o bom senhor Mac Allermy, seu chefe, sem falar do procurador Frédéric Fildes! Aliás, quer um bom conselho? Deixe Patricia Johnston em paz – concluiu.

O bandido fez um movimento de recuo e respondeu:

– Relataram-nos de Nova Iorque que ela nos oferece perigo…

– Pois bem, estou relatando de Paris que ela é inofensiva. A propósito, chega de conversa. Eu a amo. Então ela é sagrada. Não se atreva a tocar nela, Maffiano, senão…

O homem resmungou:

– Você… Mais dia, menos dia…

– Melhor mais, meu rapaz. E é do seu interesse… Você não tem nada a supor contra mim… pelo contrário.

– Você é Arsène Lupin.

– Mais uma razão! Vamos, saia daqui! Siga seu caminho, depressa! E cuide da Máfia de Maffiano sem se preocupar conosco. É mais prudente, acredite…

O bandido hesitou por um momento e, de repente, desapareceu na escuridão, como se tivesse enfiado a cabeça na água.

Horace e Patricia saíram do jardim e caminharam pela grande sala vazia. Enquanto Patricia pegava seu casaco na chapelaria, Horace se curvou diante da baronesa Angelmann para se despedir.

– Muito bonita a sua nova conquista – murmurou a baronesa, com mais desprezo do que zombaria.

– Muito bonita, de fato – disse Horace seriamente. – Mas não é uma conquista, é uma amiga do outro lado do Atlântico que não conhece Paris e me pediu para acompanhá-la até seu hotel.

– Apenas isso! Pobre amigo, está sem sorte!

– Quem espera sempre alcança – disse Horace sentenciosamente.

Ela fixou os olhos nos dele.

– Ainda está à minha espera? – ela sussurrou.

– Mais do que nunca – respondeu Horace.

A baronesa desviou o olhar. Patricia se juntou a eles.

Horace pegou novamente o braço da jovem americana, e ambos saíram do hotel Angelmann.

Eles caminharam alguns passos na calçada, e Horace disse à sua companheira:

– Vou repetir: não passe a noite em sua casa, Patricia.

– Na sua, então?

– Sim, na minha. Esses tipos estão furiosos, e a senhorita teria muito a temer. Eles não recuam diante de nada.

– O senhor confia em seus funcionários? – interrogou a jovem.

– Só tenho uma empregada, minha antiga babá, que é devota a mim até à morte.

– A fiel Victoire?

– Sim. Posso confiar nela como em mim mesmo. Venha!

Ele a levou até seu carro, onde entraram. Um quarto de hora depois, Horace parou o carro em Auteuil, na avenida de Saïgon, onde ele vivia em um pavilhão entre o pátio e o jardim.

Ao abrir o portão da Avenida, ele buzinou para avisar Victoire. Mas a velha babá não apareceu no alpendre quando eles chegaram.

Velmont franziu a sobrancelha.

– Estranho – disse ele, alarmado. – Por que Victoire não acende a luz do vestíbulo nem aparece? Ela nunca dorme quando estou fora.

Ele acendeu a luz e imediatamente se abaixou no tapete da escada.

– Alguém esteve aqui, veja os rastros! Vamos subir.

Com pressa, seguido por Patricia, ele subiu as escadas até o segundo andar e abriu uma porta. Em um dos quartos, Victoire estava deitada no sofá, amordaçada e amarrada, de olhos vendados.

Ele pulou sobre ela e, com a ajuda de Patricia, desamarrou-a. Victoire estava desmaiada, mas logo recobrou a consciência.

– Nada? Sem ferimentos? – perguntou Velmont.

A corajosa mulher se apalpou.

– Não, nada...

– O que aconteceu? Atacaram você. Você os viu? De onde vieram?

– Pelo acesso da sala de jantar, suponho. Eu estava aqui, sonolenta. A porta se abriu. Atiraram alguma coisa na minha cabeça...

Horace correu até o andar inferior. Na outra extremidade de uma grande sala havia um escritório, e de um armário desse escritório surgia uma escada, que descia pelo chão até uma porta que se comunicava com um túnel construído sob o pátio. Essa porta estava aberta.

– Desgraçados! – ralhou Horace. – Eles me espionaram! Eles descobriram tudo! Ora! Ora! São grandes adversários! Não ficaremos entediados com esses aí.

Ele voltou e se sentou na sala de jantar, em uma mesa virada para a janela. Patricia o havia seguido, deixando Victoire ainda atordoada no andar de cima. A jovem americana se sentou do outro lado da mesa, de frente para Horace.

Eles permaneceram um bom tempo sem falar. Ambos refletiam. Finalmente, Patricia observou:

– Como é que as pessoas dessa Máfia esperam espoliar Arsène Lupin? Não se rouba uma fortuna com uma bolsa a tiracolo!

– Lupin foi astucioso e vendeu aqui e ali tudo o que ele possuía, papéis, ações, joias etc. Essa negociação produziu uma soma líquida, uma massa palpável que ele pensava estar bem escondida, mas que eles podem estar prestes a descobrir. Então, é uma disputa entre eles e ele! Ah! Admito que eles têm grandes trunfos nas mãos. Mas, ainda assim, Lupin é Lupin!

– E Lupin está tranquilo?

– Nem sempre. Eles são numerosos, ágeis e não recuam diante de nada. Eles já provaram bem isso até agora. Além disso, têm todo o dinheiro de que precisam. Como iniciantes, Mac Allermy e Frédéric Fildes contribuíram com cem mil francos cada um, uma soma que os outros tiveram que dobrar desde então, graças a um monte de pequenas operações equívocas. Finalmente, e esse é o maior trunfo a favor deles, Lupin está cansado de estar sempre na defensiva. Ele aspira a descansar, à vida tranquila, à honestidade. Ele quer aproveitar a vida e o resultado de seus esforços. Ele está um pouco na situação dos marechais da França após as campanhas vitoriosas, quando a estrela de Napoleão começou a empalidecer. Está cansado…

Horace Velmont se interrompeu abruptamente. Ele já estava quase arrependido de admitir sua fraqueza.

* * *

– Então esse Lupin é assim tão rico? – perguntou Patricia com indiferença.

– Ora! É difícil estimar… Alguns bilhões… Sete… oito… nove, talvez.

– É bastante…

– Nada mal. E isso lhe custou tanto esforço que agora ele tem o direito de aproveitar. Vamos colocar dez milhões por negócio, em média, com setecentos ou oitocentos casos diferentes, que representam combinações complicadas, expedições exaustivas, perigos corridos, ferimentos recebidos, lutas terríveis, fracassos desencorajadores. E também os maus investimentos, as especulações que desabam, a crise, para não falar das necessidades que aumentam com a idade, as pensões a pagar. E Lupin não regateia! Nessas condições, como quer que ele não se importe com o que tem? Lupin não se incomoda com a propriedade dos outros, mas ai de quem tocar a sua! Isso é sagrado para ele. Só a ideia de que estão de olho em sua fortuna já o deixa fora de si. Ele fica furioso.

– Curioso – murmurou Patricia, pensativa –, eu não o imaginava assim.

– Ele é um homem, e nada que seja humano é estranho a ele – respondeu Horace com frieza.

– No entanto, parece-me que não se deveria ter tanto apreço ao que foi roubado – observou a americana.

Ele encolheu os ombros.

– Por quê? Tomar é mais difícil do que ganhar. E arriscamos muito mais! O simples fato de possuir cria um estado de espírito impiedoso. E, quanto mais velhos ficamos, pior fica esse estado de espírito. Lupin tem cerca de dez bilhões… Sim, essa é a soma que ele admite ter. Bem, eu não aconselho ninguém a cobiçar seu pecúlio.

Sua voz se extinguiu, mas ele logo voltou a falar, tomando um fôlego quase imperceptível e escondendo com a mão o movimento dos lábios:

– Não faça nenhum gesto, não diga uma palavra, nem uma sílaba. Entendeu bem?

– Muito bem – ela respondeu também em voz baixa.

– Ótimo.

– O que há? – perguntou Patricia.

Aparentando indiferença, ele acendeu um cigarro e, muito bem acomodado em seu assento, observando os círculos de fumaça azul que espiralavam em direção ao teto, continuou entre os dentes:

– O que quer que eu diga, não esboce nenhuma reação, nenhum sobressalto, e obedeça sem pensar. Está pronta?

– Sim – ela sussurrou, compreendendo a gravidade da situação.

– Há um espelho pendurado na parede à sua frente. Se levantar a cabeça alguns centímetros, esse espelho vai lhe mostrar toda a imagem que eu vejo diretamente, visto que estou de frente para a janela. Encontrou?

– Sim, estou vendo o espelho e a janela. O azulejo inferior esquerdo, é isso?

– Isso mesmo. Fizeram um buraco nesse azulejo. Consegue ver?

– Sim, e posso distinguir algo que se mexe um pouco.

– Isso que se move é o cano de um fuzil que mal passa pelo buraco e está apontado para mim por alguém que está lá fora. Está vendo a panóplia acima do espelho? Falta uma arma nela, um fuzil de acetileno cujo disparo não faz barulho.

– E quem está atrás do senhor?

– Provavelmente Maffiano, "O Selvagem", ou um dos cúmplices dele, renomado por sua destreza. Não se mova nem um centímetro. Ora! Patricia, não vai desmaiar, não é mesmo?

– Não corro esse risco. Mas e o senhor?

– Para mim é um deleite. Silêncio, Patricia. Acenda um cigarro. Assim a fumaça vai esconder sua palidez. O homem a observa, mas pensa que não pode ser visto. Agora ouça. A senhorita vai se levantar calmamente e subir até o primeiro andar. Meu quarto fica de frente para a escada. Lá há um aparelho de telefone automático. Peça pelo número 17: Emergência Policial. Diga para enviarem à avenida Saïgon, 23, urgentemente, cinco ou seis homens. Fale tudo isso muito baixo. E então, sem se preocupar com Victoire, que está segura no segundo andar, a senhorita vai se trancar no quarto, fechar as janelas, barricar a porta e não abrir para ninguém… ninguém!

– E o senhor? – Patricia perguntou com angústia na voz.

– Eu, não precisando mais defendê-la, vou conseguir me safar. Vamos lá, Patricia.

E ele disse em voz alta:

– Minha cara amiga, a senhorita teve um dia muito cansativo. Se me permite um conselho, vá dormir. Minha velha babá vai indicar o seu quarto.

– Tem razão – respondeu Patricia tranquilamente. – Estou exausta. Boa noite, meu caro amigo.

A jovem se levantou com perfeita naturalidade e, sem pressa, deixou a sala de jantar.

Horace Velmont estava satisfeito. Com sua maestria, sua calma face ao perigo, ele tinha restaurado aos olhos da jovem o prestígio talvez enfraquecido por sua confissão anterior.

Ele percebeu que o cano do fuzil estava se mexendo, como se o estivessem escorando no ombro. Ele gritou:

– Prossiga, Maffiano! Dispare, meu rapaz! E não erre, senão eu estouro seus miolos!

Ele tirou o casaco e ofereceu o peito.

O disparo partiu, sem barulho.

Velmont gemeu, levou a mão no peito e desabou no chão.

Um grito de triunfo ecoou do lado de fora, e a porta de vidro foi bruscamente aberta. Um homem tentou saltar para o cômodo e recuou gemendo, atingido no ombro pela bala do revólver que Velmont lançou contra ele.

Velmont se levantou são e salvo.

– Idiota! – ele disse ao homem. – Você imaginava, seu idiota, que só porque roubou da minha panóplia um fuzil com cartuchos, e porque você é o melhor atirador da Máfia, que isso seria o suficiente para, bam!, acabar comigo? Pronto, estou morto! É de uma estupidez lamentável. Acha que sou estúpido o suficiente para oferecer armas a agressores, sempre prováveis quando se vive em um pavilhão isolado? Sim! Ofereço tubos de aço aos agressores, e cartuchos também, mas falta-lhes o essencial.

– O que, então? – perguntou o outro, perplexo.

– As balas. Esse fuzil só atira balas vazias! Então você dispara vento com ele, idiota! Só tem ar. Não é com isso que se mata, meu velho!

Enquanto falava, Velmont pegou um segundo fuzil preso no topo da panóplia e avançou em direção à janela. Ele acompanhava com os olhos a sombra que fugia. Não vendo em nenhum lugar a figura de Maffiano, ele se perguntou com preocupação:

– Para onde diabos ele pode ter ido? O que está tramando?

E de repente ele ouviu, vindo do primeiro andar, um assobio estridente, um chamado familiar. Patricia estava pedindo ajuda.

– Será que os bandidos descobriram a saída secreta do meu quarto? – ele se perguntou angustiado.

Mas, para ele, angústia significava ação. Ele correu para as escadas e subiu os degraus em três segundos.

No primeiro andar, ficou de frente para a porta e, pelo tumulto que ouviu vindo do outro lado, percebeu que havia um combate acontecendo, justamente na saída secreta que lhe permitia entrar e sair sem ser visto.

Ele avançou furiosamente contra a porta.

No quarto, uma boa parte da parede havia sido derrubada, e Maffiano tentava levar Patricia com ele. Atrás, na sombra, à entrada da passagem secreta, dois cúmplices estavam prontos para intervir, se necessário.

Patricia, já quase sem forças, mal se defendia; ela tinha perdido o apito prateado e gritava de maneira fraca:

– Socorro!

Nesse momento, ouviram o violento ataque de Velmont contra a porta, que rangeu.

– Ah! Estou salva! Ele chegou! – murmurou a jovem, que reencontrou forças na tentativa de se libertar.

Maffiano apertou o braço dela.

– Ainda não está salva!

Mas a porta estava cedendo, e os dois cúmplices fugiram pela saída secreta. O bandido espumou de raiva.

– Vou levar pelo menos uma recompensa – ele resmungou.

Inclinando-se bruscamente, ele tentou beijar os lábios da jovem, mas mal conseguiu tocá-los. Ela se atirou para trás e, revoltada pelo contato detestável, dilacerou o rosto dele com as unhas.

– Miserável! Bruto nojento! – ela vociferou, lutando ferozmente contra o homem que a agarrava novamente.

De repente a porta caiu, e Maffiano nem sequer teve tempo de ver Velmont, que se precipitou sobre ele. O bandido recebeu um golpe terrível sob o queixo. Ele largou Patricia, cambaleou. Uma série de bofetadas enfurecidas o colocou de novo de pé, fazendo-o recuperar a sobriedade.

Tentou fugir, mas a passagem secreta estava fechada. Então ele voltou para o meio do quarto, sacou seu revólver, sentou-se e disse a Velmont, que também preparava o fuzil que não tinha soltado:

– Mais tarde, Velmont. Vamos soltar nossas armas por agora, os dois. Tipos como nós lutam duramente, sem piedade, mas não se matam sem uma explicação prévia.

Velmont encolheu os ombros.

– No entanto, foi o que você quis fazer há pouco, matar-me sem explicações. Enfim, conversemos se isso lhe convém, mas seja claro e preciso!

– Ótimo! Esta noite, na festa do Angelmann, você me disse que queria a linda Patricia para si, porque a amava. Não há nada a fazer, você precisa saber que não tem nenhum direito sobre ela.

– Tenho os direitos que assumo e os direitos que ela me dá.

Um brilho iluminou os olhos do bandido.

– Protesto.

– Nesse caso, procure um oficial de justiça! – cortou Velmont, enraivecido. – É essa a prática em matéria de oposição.

Maffiano, por sua vez, encolheu os ombros.

– Você é louco! Pense bem, só a conhece há duas horas.

– E você?

– Há quatro anos. Há quatro anos estou junto dela… Eu a observo, a persigo de maneira oculta. Ela sabia da minha presença na casa do Allermy, não sabia, Patricia? E quantas vezes a segui na sombra! Porque ela também sabia que eu a amava, que a desejava, que ela era tudo para mim…

– Você fala bem – tripudiou Velmont. – Mas, se ela é tudo para você, você não é nada para ela, não é, Patricia?

– Menos do que nada – disse ela com desgosto.

– Viu só, Maffiano? Vamos, saia e deixe o espaço livre para mim!

– Para você? Jamais. Você é um estranho para ela… Além disso, sabe alguma coisa sobre a vida dela pelo menos? Sabia que ela era amada pelo pai e pelo filho Allermy?

– É mentira!

– Sabia que ela era amante do filho de Henry Allermy?

– É mentira!

– É a mais pura verdade. Ela teve um filho dele.

Velmont empalideceu.

– Está mentindo. Patricia, eu imploro…

– Ele está dizendo a verdade – disse a jovem, repudiando a mentira. – Tenho um filho, um filho que tem agora dez anos. Um filho que eu adoro. Rodolphe. Ele é a minha vida, a minha razão de existir.

– Um filho do qual ela não pode se separar – acrescentou Maffiano – e que ela trouxe para Paris há algum tempo.

O tom do bandido pareceu significativo para Horace, que perguntou, vagamente preocupado:

– Onde está essa criança, Patricia? A salvo de qualquer perigo?

Ela esboçou um sorriso de certeza.

– Sim, de qualquer perigo.

– Volte para perto de seu filho, Patricia – disse Velmont seriamente. – E leve-o para o lugar mais longe que puder. Faça isso imediatamente.

Maffiano caçoou.

– Tarde demais!

Patricia empalideceu e se sobressaltou com os olhos aterrorizados.

– O que o senhor quer dizer? Estive com ele hoje de manhã!

– Sim, em Giverny, não é mesmo? Perto de Vernon, na casa de uma corajosa mulher, a madre Vavasseur. Volte para lá, Patricia. A senhorita não vai encontrar nem criança nem madre Vavasseur. A corajosa mulher o trouxe para mim esta tarde.

O rosto de Patricia se desfigurou.

– O senhor é um covarde! Um desgraçado! Essa criança é delicada, precisa de muitos cuidados!

– Ele vai receber todos os cuidados, eu juro. Eu serei uma mãe para ele – respondeu Maffiano, com uma provocação sinistra.

– Vou chamar a polícia! – gritou Patricia, em pânico.

– Tenho plenos poderes do pai, Allermy Junior. A justiça vai me felicitar por devolver um filho ao seu pai! – tripudiou Maffiano.

A rude mão de Velmont esmagou-lhe o ombro.

– Muito antes da justiça, há a polícia, que vai prendê-lo e lhe pedir uma série de explicações...

– A polícia está longe – disse o bandido.

– Não tanto quanto imagina! Já mandei ligarem para a Emergência Policial. As viaturas chegam em cinco minutos. Ouça... são sons de sirene. Estão chegando... percebe a situação, Maffiano? Um cabriolé de ferro nos pulsos... o depósito... o banco dos réus... a guilhotina...

– E a prisão de Arsène Lupin!

– Está louco. Arsène Lupin é intangível para a polícia!

O bandido refletiu por um segundo.

– Então, o que me propõe? – ele perguntou.

– Diga onde está a criança e eu deixo o caminho livre para você fugir pela saída secreta número dois, esta aqui. Depressa. As viaturas estão em frente à casa. Onde está o garoto?

– Patricia deve vir comigo. Ela e eu vamos resolver esse assunto juntos. Ela conhece minhas condições, deve se entregar primeiro, e imediatamente depois eu devolvo seu filho.

– Prefiro morrer – disse Patricia para si mesma.

O som de uma campainha foi ouvido no térreo, e Velmont exclamou:

– Eles chegaram!

Ele pôs o dedo numa saliência do revestimento da parede.

– Se eu apertar, a porta do vestíbulo vai se abrir. Devo apertar, Maffiano?

– Não hesite – disse Maffiano. – Mas Patricia não saberá onde está seu filho.

Velmont apertou o botão. Vozes e passos de homens foram ouvidos no térreo. Velmont caminhou até a porta para ir ao encontro deles. Foi rápido como um raio. Maffiano saltou para uma das janelas, abriu-a, subiu no parapeito e desapareceu.

– Exatamente o que eu queria – zombou Velmont pegando novamente o fuzil, que trazia acima da culatra um mecanismo especial.

A sombra da noite se estendia sobre o jardim que outros jardins intermediários prolongavam por um espaço razoavelmente grande.

– Ele tem – continuou Velmont – três muros baixos para pular até chegar a um quarto mais alto, que requer, para ser atravessado, a ajuda de uma escada colocada com antecedência e que lhe permitirá descer até uma rua deserta e escapar.

– E se ele não preparou essa escada? – perguntou Patricia.

– Ele a preparou. É possível distinguir as laterais dela daqui.

A jovem lamentou.

– Se ele fugir, nunca mais verei meu filho.

Enquanto isso, os policiais chamavam no andar de baixo. Victoire descia do quarto quando Horace começou a gritar:

– As escadas, senhores! No primeiro andar, a porta da frente.

Encostado ao parapeito da janela, ele empunhou sua arma.

– Não o mate – implorou Patricia. – Não saberíamos de mais nada. Meu filho estaria perdido.

– Não tenha medo. Será só uma perna dormente.

Ouviu-se o som do gatilho. Não houve nenhum barulho violento, nenhuma detonação, nem mesmo um assovio leve. Mas, no fundo do jardim, um grito de dor ressoou, seguido de gemidos.

Velmont saltou para a varanda, ajudou Patricia a fazer o mesmo e a apoiou para descer até o chão por ganchos de ferro fixados na fachada, que formavam uma espécie de escada.

Os três muros mais baixos foram facilmente atravessados. Aos pés do quarto, muito mais alto, um corpo estendido, que Velmont iluminou com sua lanterna, estremecia.

– É você, Maffiano? A batata da perna direita está um pouco ferida, não está? Não é nada. Ainda tenho chumbos esterilizados no autoclave e tenho uma caixa de esparadrapos. Mostre-nos a perna ferida. A mão caridosa vai cuidar de você.

Patricia aplicou habilmente uma atadura na ferida, enquanto Velmont, com a mão ágil, explorou os bolsos de Maffiano.

– Encontrei! – ele exclamou alegremente. – Peguei você, sujeito. Eu já tenho, graças a Patricia, sua carteira de associado, e aqui estão as de Mac Allermy e Fildes, que você roubou em Nova Iorque!

E, inclinando-se um pouco mais, ele articulou duramente:

– Devolva-nos a criança e eu devolvo a carteira.

– Minha carteira – balbuciou Maffiano –, ela não me interessa!

– Errado, meu rapaz! Você não é indiferente a ela! Essa carteira, que tem seu número de ordem na associação, constitui seu único e solitário título, que lhe dá o direito de compartilhar o espólio. Se você não puder apresentá-la quando for solicitada, não contará como associado e, portanto, você não será considerado como participante dos lucros. Você se deu mal, amiguinho!

– Isso não é verdade! – protestou Maffiano. – Eles já me conhecem. Direi que minha carteira foi roubada.

– Você precisará de provas, neste caso o testemunho da Patricia ou o meu. E não terá nem um nem outro. Toda a sua esperança está em ruínas.

– Você esquece que eu mantenho o controle sobre vocês com a criança. E eu fico com a criança.

– Não. Você a trará de volta esta manhã, e faremos a troca. Toma lá, dá cá.

– Está bem – disse o ferido, após uma breve hesitação.

– Você entendeu bem – insistiu Velmont. – Se às nove da manhã a criança não estiver aqui, e saudável, eu queimo a carteira.

– Mas que grande idiota! Como quer que eu faça isso? Você estraçalhou minha perna. Não consigo me mexer.

– Fato. Patricia vai fazer o curativo. Depois você vai descansar e amanhã à noite viremos buscá-lo e iremos os três juntos buscar o menino. Combinado?

– Combinado.

Patricia e Velmont o transportaram para um pequeno galpão colado no muro alto e cheio de cadeiras e poltronas de jardim. Puseram-no deitado sobre um sofá, refizeram o curativo e saíram do galpão trancando a porta.

Depois voltaram para casa.

– Fugiu! – disse Horace ao chefe dos policiais.

– Mas que desgraçado! Como puderam deixá-lo escapar? Nós agimos rapidamente. Por onde ele fugiu?

– Pelos jardins. Ele escalou o muro que os circunda. Procure o senhor mesmo.

As buscas dos oficiais foram em vão. O general, regressando, interrogou Horace Velmont.

– Por gentileza, quem é o senhor?

– Aquele a quem chamam "Machin" na delegacia.

O policial olhou para ele com curiosidade, mas não fez nenhum comentário.

– E a senhora? – ele perguntou.

– Patricia Johnston, jornalista americana de passagem por Paris.

O chefe se retirou com seus homens.

Naquela noite, Velmont dormiu no escritório ao lado de seu quarto, ocupado por Patricia.

O dia seguinte transcorreu sem incidentes. Victoire lhes preparou excelentes refeições, e ambos conversaram como velhos amigos. No início da manhã, Velmont levou alguma comida e especialmente água em abundância para o prisioneiro cujo ferimento piorava. Em seguida, ele fez uma sesta para se preparar para uma noite que poderia ser agitada, pois estava desconfiado da palavra de Maffiano. Será que ele realmente devolveria o pequeno Rodolphe?

Naquela noite, Horace e Patricia retornaram ao galpão ao pé do grande muro. Horace abriu a porta e soltou uma exclamação. Sob o brilho de sua lâmpada elétrica, ele podia ver que o galpão estava vazio. O pássaro tinha de fato voado para longe. Não havia nenhum vestígio dele. A fechadura, trancada a chave, não parecia ter sido forçada. A escada se encontrava estendida no lugar de sempre.

– Esses tipos são muito espertos. – disse Horace, perplexo. – Eles devem ter passado pelo pavilhão adjacente ao meu.

– Quem vive lá? – perguntou Patricia.

– Ninguém. Mas eles usaram as duas passagens secretas que mandei construir. Uma no térreo, outra no primeiro andar, no meu quarto. A senhorita o viu ontem à noite.

– No seu quarto?

– Sim, isso mesmo... no quarto onde dormiu. Não ouviu ninguém passar?

– Ninguém.

– E a senhorita teria certamente ouvido, já que a abertura fica junto da cama. Além disso, sou um idiota... Não é nada disso!

– O que supõe?

– Não suponho nada. Eu sei, Patricia: foi você quem libertou Maffiano.

Ela estremeceu e esboçou um riso.

– Com que propósito, senhor? – ela exclamou.

– Ele a controla por causa do seu filho. Ele deve ter feito algum tipo de ameaça! Chantagem pelo amor maternal!

Seguiu-se um silêncio constrangedor. Patricia, com olhos baixos, pálida, parecia prestes a chorar. Horace havia projetado a luz de sua lanterna sobre ela e a observava atentamente. Passado algum tempo, ele repetiu:

– Ele a controla por causa do seu filho.

Ela não respondeu. Ele pareceu tremer, estalou os dedos, e então, sem dizer mais nada, saiu do galpão cantando uma pequena melodia irônica.

Alguns minutos depois, já recomposto, tentou ter uma nova conversa com Patricia, para saber suas intenções, mas ele a procurou em vão pelo jardim e no pavilhão. Patricia havia desaparecido.

O PRÍNCIPE RODOLPHE

Horace trouxe um médico, que o tranquilizou sobre a saúde de Victoire, muito abalada pela agressão que sofreu. Nada de grave. Nenhuma contusão. Descanso completo durante três ou quatro dias para acalmar a excitação nervosa. Depois o campo.

Horace adorava sua antiga babá e teria feito tudo para que a excelente mulher se restabelecesse rapidamente. No dia seguinte, tendo lido os jornais da tarde, ele foi um pouco antes das cinco horas até o notário e comprou, sem delongas, a Maison-Rouge, uma vasta propriedade que ele havia visitado recentemente, nas proximidades de Mantes, sobre a qual tinha acabado de ler um novo anúncio de venda.

No dia seguinte, ele convocou um arquiteto e um decorador para a Maison-Rouge, que prometeram que tudo estaria pronto em 48 horas. Velmont, sem sequer esperar que sua nova casa estivesse pronta, trouxe um grande número de funcionários e vários dos seus antigos comparsas escolhidos entre aqueles que ele sabia serem os mais confiáveis e vigilantes.

Foi na noite desse mesmo dia – o dia seguinte à compra da Maison-Rouge – que Horace, retornando ao seu pavilhão em Auteuil, recebeu um telefonema após o jantar.

Ele atendeu:

– Horace Velmont na escuta. Quem está falando?

Uma voz de criança, fresca e sonora, respondeu:

– É o senhor Rodolphe.

– Senhor Rodolphe? Não conheço ninguém com esse nome – disse Horace, com o tom rude de um cavalheiro que está prestes a desligar.

A voz fluida repetiu depressa:

– Senhor Rodolphe, filho da senhora Patricia.

– Ah bom… E como posso ajudar, senhor Rodolphe?

– Minha mãe acha que a situação é muito séria e quer marcar um encontro entre mim e o senhor para que possamos refletir juntos.

– Excelente ideia – disse Horace. – Vamos conversar, senhor Rodolphe. Estou à disposição. Escolha o horário. E me diga onde – concluiu ele, vislumbrando um meio de ação.

– Bem, que tal nos encontrarmos…

A frase foi interrompida. Horace fez um gesto furioso, levantou-se e seguiu o fio que transmitia a corrente da sala de jantar, onde ficava o aparelho telefônico. Ele chegou assim ao escritório vizinho. Imediatamente, seu exame minucioso trouxe a resposta. O fio tinha sido cortado pouco antes de penetrar sob a escada do subsolo. As duas extremidades estavam penduradas.

Então alguém, escondido no escritório, ouviu a conversa e a interrompeu no momento em que, ficando interessante para Horace, ela se tornou perigosa para o adversário. Quem era esse adversário invisível? E em benefício de quem ele agia?

Horace Velmont não hesitou: conhecia seu inimigo. Durante dois dias, desde o desaparecimento de Maffiano, seguido pelo de Patricia, ele no fundo a acusava de tê-lo traído. Patricia, que, para salvar seu filho, tinha ajudado o bandido a fugir. Patricia, que, para conseguir a libertação definitiva do "Senhor Rodolphe" e tirá-lo de Maffiano, tinha se tornado prisioneira do siciliano.

Entre ela e Maffiano, as negociações funcionaram assim, e Horace estava convicto disso, como se o tivesse ouvido dizer "Entregue-se a mim, Patricia, e eu devolvo seu filho!".

Patricia teria se entregado? Ou estava prestes a ceder? A luta devia ser terrível no coração daquela mãe, tão terrível que Patricia, mesmo depois de trair Velmont, fazendo seu inimigo escapar, colocou o filho para pedir ajuda: "Mamãe disse que a situação é muito séria..." A criança, durante a conversa, certamente teria revelado a Horace o lugar onde o drama acontecia.

"Esse lugar, como descobrir onde era?", refletiu Horace, exposto a uma emoção que nunca havia sentido. "Como impedir que a mãe, na sua angústia, no pânico de saber que o filho estava em perigo, se sacrifique e se entregue aos desejos daquele miserável?"

Horace Velmont tinha dessas paixões repentinas, que, em sua natureza excessiva, desde o início atingiu o paroxismo do amor mais ardente. Ainda era intolerável para ele permanecer impotente para afastar a ameaça de um perigo tão ignóbil.

Ao mesmo tempo experiente e lúcido o suficiente para saber que não poderia esperar nada de ações ou gestos realizados de forma aleatória, sem novos elementos de verdade, ele se confinou em casa, estudando maneiras de agir que ele rejeitava conforme surgiam, esperando por notícias, duvidando de si mesmo, torturado, angustiado, infeliz como nunca havia sido.

Três dias se passaram assim, intermináveis e febris. Na manhã do quarto dia, a campainha no portão da avenida Saïgon soou. Velmont correu para a janela. Uma criança tocava incessantemente. Velmont seguiu então para a varanda e depois para o jardim. Na avenida, vinha um carro a toda a velocidade. O carro freou bruscamente em frente ao pavilhão. Um homem saltou para o chão, agarrou a criança e a levou para dentro do automóvel, que partiu imediatamente. O incidente não durou nem vinte segundos. Velmont não tinha tido tempo para intervir. Ele abriu o portão e viu um cabriolé laranja, o carro de Maffiano, afastar-se e desaparecer na avenida deserta.

Velmont voltou para o pavilhão e se viu na presença de Victoire, a quem o descanso tinha restabelecido e que corria, alarmada com o toque da campainha.

– Corra até a Maison-Rouge – ordenou ele –, convoque vinte dos nossos homens, os melhores, e diga para organizarem um verdadeiro acampamento fortificado que ninguém possa invadir. À noite, mantenha em guarda, continuamente, três dos nossos cães pastores mais ferozes. Senhas, rondas noturnas, vigilância incessante, em suma, uma disciplina de ferro. E esteja pronta para qualquer acontecimento. Talvez eu traga alguém para você cuidar como se fosse a coisa mais importante do mundo.

"Adeus. Mexa-se. Não. Sem observações, sem perguntas, sem discursos. Minha vida está em jogo, e você sabe como me importo com isso! Vai!"

Entrincheirado no pavilhão de Auteuil, Horace Velmont tomou todas as medidas necessárias para sua segurança pessoal.

Precauções inúteis, pelo menos durante os primeiros doze dias. Nada aconteceu. Nada além de pequenos acontecimentos que provavam a Velmont que o inimigo, apesar de toda a vigilância, apesar de toda a precaução, entrava em sua casa a qualquer hora do dia e da noite, ia, vinha, espiava, se mantinha atualizado de cada detalhe, de toda a sua existência. Ele sentia a presença invisível de fantasmas vivos pairando ao seu redor. Às vezes se perguntava se não estava sonhando. Mas não: "alguém" vinha até a casa dele. O pavilhão parecia assombrado. Em vão, ele o percorria, à espreita, com um revólver na mão. Ninguém. No entanto, no quarto ao lado daquele onde ele estava, um leve toque, uma respiração, o ranger de uma tábua do chão indicavam que havia alguém lá. Ele corria… não havia mais ninguém… nem uma sombra, nem um barulho, nada. Outras vezes ouvia apenas passos que fugiam. Então tudo voltava a ficar em silêncio. Ele estava furioso, confuso com tamanha destreza diabólica. No entanto, a passagem secreta permanecia fechada. Como é que aquelas pessoas entravam? Em sua casa! Na casa dele, Arsène Lupin!

Mas, na décima terceira noite, em meio ao silêncio, um pequeno arranhão foi ouvido do lado da parede que separava a alcova da passagem secreta.

Horace, que lia deitado em sua cama, apurou os ouvidos. Os arranhões tornaram-se mais claros e foram acompanhados de uma espécie de miar bizarro. Ele acreditou ser o miado queixoso de algum gato perdido, saltou da cama e puxou o painel enquanto acendia a luz.

No patamar da escadaria secreta que mergulhava nas sombras, havia uma criança à espera, uma criança de rosto fino e encantador, cachos loiros e vestida como uma menina.

– Quem é você? O que faz aqui? – perguntou Velmont perplexo.

Mas ele já sabia quem era a criança antes que ela respondesse:

– Sou eu, Rodolphe.

O menino tremia e parecia exausto.

Horace o agarrou, puxou-o para dentro do quarto e o interrogou com um fervoroso ardor:

– Onde ela está? Foi ela que enviou você? Aconteceu alguma coisa com ela? Você vem de onde? Fale alguma coisa!

A criança se libertou. Parecia ter recuperado toda a sua energia, a mesma energia de sua mãe.

– Sim, foi ela quem me mandou aqui. Fugi para vir buscá-lo. Mas não falemos tanto! Vamos agir primeiro. Venha!

– Para onde?

– Buscar minha mãe. O homem não quer soltá-la! Mas eu sei o que fazer! Obedeça-me!

Embora a situação fosse trágica, tendo em conta os perigos que Patricia corria, Horace não pôde deixar de rir.

– Muito bem – disse ele, rindo. – Como o senhor Rodolphe sabe o que fazer, só me resta obedecer. Prossiga, príncipe Rodolphe.

– Por que o senhor me chama de príncipe? – perguntou o menino.

– Porque, em um famoso romance, há um príncipe chamado Rodolphe, que zomba de todas as dificuldades para salvar seus amigos e confundir seus inimigos. Você é um tipo como esse. Eu tenho medo.

– Eu, não! – disse a criança. – Vamos!

Precedendo Horace, Rodolphe retornou à passagem secreta com uma lanterna na mão. Os cachos loiros de seus cabelos esvoaçavam com a corrente de ar; ele atravessou o patamar perscrutando a escuridão com seus olhos penetrantes.

O menino estava prestes a desaparecer pela escada secreta quando Horace o segurou.

– Um momento. Eu preciso dizer uma coisa. Receio que o fim desta saída esteja cercado. Eles a conhecem.

Rodolphe encolheu os ombros.

– Esta noite não há ninguém lá.

– Como você sabe?

– Se houvesse alguém lá, eu não teria conseguido entrar.

– Podem tê-lo deixado passar sem querer… ou para me atrair com você para fora de casa. Seja como for, vamos assim mesmo! Veremos o que nos aguarda!

A criança abanou a cabeça com um ar de entendida.

– Não vamos ver nada. Se eu digo que não há ninguém, é porque não há ninguém.

– Muito bem – disse Horace, rindo novamente. – Mas deixe-me ir na frente.

– Como o senhor quiser – disse Rodolphe. – Mas eu sei o caminho; foi dali que eu vim. A saída dá em uma pequena casa na rua, perto da sua garagem. Casa vazia, rua deserta. Eu vi tudo. Mamãe me explicou. Podemos ir. Não há nada a temer. Além disso, já avisei na garagem. Já tiraram o seu carro. Ele está à nossa espera, sem ninguém.

– Qual deles?

– O de oito cilindros.

– Caramba! E é você quem vai dirigir?

– Não. O senhor.

Sem ter encontrado uma alma viva, eles chegaram à rua onde, de fato, o carro estava esperando. Eles entraram, e Horace assumiu o volante.

De pé, ao lado da janela, a cabeça para fora, o príncipe Rodolphe direcionava:

– Para a direita! Vire à esquerda! Siga em frente! Acelere, droga! Mamãe nos espera.

– Qual é a rua?

– Rua de la Baume, paralela ao *boulevard* Haussmann.

O carro estava em alta velocidade. Horace nunca tinha conduzido tão depressa. Ele realizava um feito extraordinário. Por diversas vezes ele ficou surpreso por não ter batido, capotado ou subido na calçada.

Mas a imagem de Patricia ameaçada pela brutalidade de Maffiano e o encorajamento do pequeno o deixavam louco. Ele acelerou ainda mais.

– Para a direita! – gritou a criança, imperturbável. – Para a direita! A Rua de la Baume é a primeira à esquerda. Espere! Agora chame. Chame com a buzina. Isso! Outra vez!

Horace via um palacete com um piso térreo muito baixo. Em frente às janelas do mezanino, um terraço. Com o barulho da buzina, uma das janelas do mezanino se abriu, uma mulher correu do terraço até a balaustrada de pedra e se inclinou, espreitando na escuridão.

– É você, Rodolphe?

– Sou eu, Velmont!

Horace saiu do carro. Ele tinha reconhecido Patricia.

– Ah! Está tudo bem! – ela exclamou.

Mas logo se virou. Outra janela se abria. Um homem saltou para o terraço com exclamações enfurecidas:

– Quer fazer o favor de entrar!

– Pule – ordenou Velmont com as mãos estendidas em direção a ela.

Sem hesitar, Patricia saltou por cima da balaustrada e se jogou naqueles braços fortes, que, um segundo depois, a cerraram apaixonadamente antes de colocá-la no chão.

– Mamãe! Mamãe querida! – balbuciou Rodolphe, correndo ao encontro de sua mãe.

De cima, Maffiano, louco de raiva, ameaçava. Ele também saltou.

– Cale-se, Maffiano, você grita como uma gralha! – zombou Horace. – Mas, a propósito, você me oferece um ponto de vista admirável, meu rapaz! Que traseiro enorme! Mexa-o para a direita e para a esquerda para ficar simétrico!

Horace pegou no carro seu fuzil silencioso e disparou duas vezes, no momento em que Maffiano, virado de costas e pendurado pelas mãos na balaustrada, estava prestes a saltar. Atingido em ambos os lados, Maffiano despencou no chão, no meio da rua.

– Socorro! Assassino! – ele gritava.

– Claro que não! Isso arde um pouco, mas não mata. Eu não suportaria a ideia de roubar você do Senhor de Paris! – lançou Horace como forma de despedida.

O carro virou na esquina da Rua de la Baume.

Às duas da manhã, depois de informar a senha, ele entrou no pátio iluminado da Maison-Rouge. Os vinte guardas convocados por Victoire saudaram os recém-chegados com aplausos. Os cães saltavam felizes em volta deles. Horace levou a jovem e a criança para um quarto todo florido.

– Não saia daqui sem a minha permissão, Patricia. Nem você, Rodolphe – recomendou ele.

As janelas do quarto davam para o jardim, a apenas dois a três metros de distância. Lá embaixo, três guardas se organizavam para se deitar na relva.

Horace colocou as mãos sobre os ombros da jovem e, sem que Rodolphe pudesse ouvir, perguntou-lhe com a voz alterada:

– Não cheguei tarde demais, Patricia?

– Não – ela sussurrou, fixando os olhos nos dele. – Não, mas já não era sem tempo. O prazo que aquele desgraçado me concedeu expirava ao meio-dia.

– E a senhorita estava determinada…?

– A morrer? Sim.

– E Rodolphe?

– Rodolphe viria para Auteuil ficar sob a sua proteção. Mas, quando consegui enviá-lo até o senhor, fiquei tranquila. Esperei confiante. Tinha certeza de que o senhor me salvaria!

– Foi Rodolphe quem a salvou, Patricia. Que garotinho corajoso!

A VINGANÇA DE MAFFIANO

Durante sua detenção no hotel da Rua de la Baume, e alguns dias antes de ser libertada por seu filho e por Horace Velmont, Patricia havia escrito um novo artigo para o *Allo-Police*. Comprando com um anel os bons préstimos de uma criada, ela tinha conseguido enviar o artigo para Nova Iorque. Esse segundo artigo surtiu ainda mais efeito do que o primeiro. Traduzido para todas as línguas, o texto fascinou o mundo inteiro. Sob um pedido expresso de Velmont, Patricia não falou sobre seu encontro com ele. Ela atribuiu a si mesma as descobertas que ele havia feito em relação ao verdadeiro significado do nome Paule Sinner e da letra "M" isolada, bem como a existência de uma associação chamada "A Máfia".

A explicação proposta por Patricia foi imediatamente adotada pelo público. Ela era de uma perfeita clareza e de um interesse palpitante. A polícia permitiu que se falasse do assunto e que acreditassem nele. Após o alerta de Auteuil, quando os inspetores retornaram ao pavilhão para realizar investigações complementares, eles não encontraram o senhor Machin, nem a jornalista americana, nem a velha babá Victoire, os quais, consequentemente, passaram a ser considerados suspeitos. Também não encontraram os autores da agressão, ela mesma inexplicável, apesar de todas as investigações. Era possível admitir tantas derrotas? Seria muito melhor colocar todo o caso, assim como tantos outros casos obscuros (e completamente diferentes, aliás), na conta de uma tenebrosa Máfia e de um líder de quadrilha cujas façanhas como ladrão deveriam com toda certeza conduzir ao crime! Uma bela oportunidade de manchar a reputação desse inatingível personagem cuja fama e impunidade pareciam um desafio constante às autoridades. A polícia não deixou de aproveitar a ocasião, desejando uma vingança imediata, considerando que os eventos lhe seriam favoráveis e que os combatentes de um lado ou de outro, mais dia, menos dia, implorariam por sua cooperação e, assim, lhe dariam a oportunidade de adentrar de maneira útil na briga e de sair vitoriosa, encarcerando todo mundo.

Patricia e Horace Velmont não foram, portanto, objeto de muita investigação ativa. A polícia secreta decidiu "pagar para ver" e deixar os suspeitos adormecer sob uma falsa sensação de segurança (pelo menos de seu ponto de vista).

Consequentemente, Patricia e Horace Velmont, na companhia da velha Victoire e do jovem Rodolphe, desfrutaram durante quatro semanas de um descanso pacífico na encantadora propriedade de Maison-Rouge, em seu vasto parque sombrio. A partir desse parque, a avenida principal, sob uma abóbada de tílias podadas em arco, e entre vasos de pedra e estátuas de mármore, margeava o Sena em frente a um panorama harmonioso de prados e pomares floridos.

No silêncio desse retiro, Velmont viveu dias felizes. Ele tinha uma personalidade feliz que lhe permitia, quando desejava, abstrair-se das preocupações mais sérias para saborear o charme do minuto presente. Naquele momento, enquanto se protegia, ele não queria mais pensar em Maffiano. Maffiano já não existia. Velmont estava apaixonado por Patricia, mas ele nada lhe dizia. A intimidade deles era apenas amizade. Porém, viver junto da jovem mulher cujo charme, inteligência e alegria juvenil ele apreciava mais a cada dia era muito agradável para ele. E a presença do pequeno Rodolphe também era bastante agradável e relaxante para

Velmont. Rodolphe, parecido com a mãe, era uma criança encantadora. Ao brincar com ele, Velmont se sentia novamente uma criança. Patricia os observava e sorria.

Por mais que Velmont, como vimos, se mantivesse discreto, assim que chegou à Maison-Rouge ele inspecionou cuidadosamente os preparativos de proteção deles e foi informado sobre a identidade dos novos empregados contratados pela velha Victoire.

Entre esses empregados, Velmont, que nunca foi insensível à sedução feminina, tinha sido atingido pela graça saudável e vigorosa de uma jovem camponesa chamada Angélique, a quem Victoire havia promovido ao posto de primeira serviçal. Velmont, apaixonado por Patricia, admirava Angélique de forma desinteressada. Mas como ela era alegre e bonita! Com sua cútis jovem, sem maquiagem nem base, a cintura esbelta e flexível, cerrada em um corpete de veludo preto amarrado nas costas, ela parecia uma criada de ópera cômica. Ela era vista em todos os lugares, viva, leve, ativa; na horta, onde escolhia os legumes; no pomar, onde colhia as frutas; na fazenda, onde recolhia ovos frescos. E sempre o sorriso nos lábios, os olhos cheios de uma alegria ingênua, os movimentos harmoniosos e comedidos.

– Onde você encontrou essa linda criatura, Victoire? – perguntou Velmont já no primeiro dia.

– Angélique? Um fornecedor a indicou.

– Ela tem boas referências?

– Excelentes. Ela serviu no castelo vizinho.

– Que castelo?

– Aquele cujas árvores altas conseguimos ver, ali, à esquerda, o Castelo de Corneilles.

– Perfeito, minha boa Victoire. É sempre bom ter tão belas jovens por perto! E Firmin, o criado?

Devidamente informado sobre todos os funcionários, Velmont passou a pensar em outras coisas, especialmente nos encantos do momento. A estação estava linda; o campo, delicioso. O rio que ficava próximo era uma distração da qual ninguém se cansava. Quase todos os dias, um barco levava Velmont, Patricia e seu filho para passear. Muitas vezes eles se banhavam no rio, e o pequeno Rodolphe, cada vez mais próximo de Velmont, cavalgava nos ombros largos de seu companheiro de brincadeiras e dava gritos de alegria pulando na água.

Horas de prazeres leves e sem segundas intenções, horas requintadas nas quais a intimidade se intensificava e nas quais Patricia sentia pelo companheiro uma confiança cada vez mais completa, cada vez mais terna.

– Por que está me olhando assim? – ele perguntou a ela um dia, quando Rodolphe tinha permanecido com Victoire e ambos estavam sozinhos no barco. Velmont, que segurava os remos, há algum tempo sentia os olhos atentos de sua companheira pesar sobre ele.

– Desculpe-me – disse ela. – Tenho o hábito indiscreto de observar as pessoas para tentar adivinhar seu pensamento secreto.

– Meu pensamento só tem um segredo. Procuro apenas agradá-la.

E acrescentou:

– Seu pensamento já é mais complexo. A senhorita se pergunta: quem é esse homem? Como se chama? Ele é ou não é Arsène Lupin?

Patricia murmurou:

– Não tenho dúvidas quanto a isso. O senhor é Arsène Lupin. Essa é a verdade, não é?

– Posso ser ou não, dependendo do que a senhorita preferir.

– Se eu preferisse que o senhor não fosse, isso não o impediria de ser Arsène Lupin, se realmente é.

Ele confessou baixinho:

– Eu realmente sou.

A jovem corou, um pouco sufocada com essa afirmação.

– Ainda bem – disse ela depois de um momento. – Com o senhor, tenho certeza de vencer, mas tenho medo…

– Medo de quê?

– Medo do futuro. Seu desejo de me agradar não se encaixa bem com as relações estritamente amigáveis que devem ser estabelecidas entre nós.

– A senhorita não tem nada a temer quanto a isso! – ele disse, sorrindo. – Os limites da nossa amizade serão sempre aqueles que a senhorita estabelecer. Não é uma mulher que pode ser surpreendida ou seduzida furtivamente.

– E… isso o agrada?

– Tudo o que vem da senhorita me agrada.

– Tudo? De verdade?

– Sim, tudo, pois eu a amo.

Ela voltou a corar e ficou em silêncio.

– Patricia… – ele prosseguiu.

– O que o senhor quer?

– Prometa que corresponderá ao meu amor… Caso contrário, eu me atiro na água – declarou ele meio sério, meio rindo.

– Não posso lhe prometer isso – ela respondeu no mesmo tom.

– Então vou pular na água.

Ele cumpriu o que disse. Soltou os remos, levantou-se e, completamente vestido, saltou de cabeça no Sena e começou a nadar vigorosamente. Patricia viu que ele seguia em direção a um barco que, à direita, passava diante deles em alta velocidade. O barco era manobrado por um homem cujas costas arqueadas, os cabelos e a barba brancos pareciam de um homem velho, mas cuja remada, vigorosa e rápida, revelavam a energia e decisão de um homem vigoroso, certamente na flor da idade, mas que havia considerado pertinente vestir-se de modo extravagante, com uma peruca e uma corcunda postiça.

– Olá! – gritou Horace Velmont. – Olá! Maffiano. Então você já descobriu nosso retiro? Bravo.

Maffiano, soltando os remos, pegou seu revólver e disparou. A bala fez a água jorrar a poucos centímetros da cabeça do nadador, que gargalhou.

– Que cara desastrado! Sua mão está tremendo, Maffiano. Jogue para cá o seu revólver. Eu vou ensinar você a usá-lo!

A provocação enfureceu o siciliano. Em pé no barco, ele ergueu um de seus remos para atingir o adversário. Este não esperou pelo golpe; ao contrário, mergulhou e desapareceu. Depois de um instante, o barco de Maffiano vacilou, e a cabeça de Horace Velmont apareceu a bombordo.

– Mãos para cima! – gritou Horace ameaçadoramente. – Mãos para cima ou eu disparo!

Maffiano não se perguntou com o que poderia disparar o adversário, que tinha acabado de nadar trinta metros abaixo da superfície do rio. Ele levantou os braços, assustado. Ao mesmo tempo, sob o peso de Velmont, o barco virou, derrubando o siciliano.

Velmont soltou uma exclamação de triunfo.

– Vitória! O inimigo está partindo em retirada! Fim de Maffiano e da Máfia! Você sabe nadar pelo menos? Ah, seu infeliz, você nada como um bezerro natimorto! Cabeça erguida, diabos! Ou você vai engolir água do Sena, o que irá envenená-lo, a menos que se afogue antes. Ah! No fim das contas, vire-se. Veja, aí vem o socorro.

Na margem do rio, dois homens saltaram na água e nadaram na direção do siciliano enquanto a correnteza levava o barco. Mas, antes que eles se aproximassem, Horace, um distinto nadador, chegou à beira do rio, vasculhou as roupas deixadas sobre o talude e proferiu:

– Mais duas carteiras da Máfia assinadas por Mac Allermy! Com a de Maffiano e as de Mac Allermy, Fildes e Edgar Becker, já são seis no total! Que venha a partilha! Que venham a mim os espólios de Lupin!

Patricia, em seu barco, tinha acompanhado toda a cena e se divertia muito.

Ela acostou perto de Velmont, que, pegando-a pela cintura, levou-a para a estrada mais próxima enquanto os três cúmplices punham os pés na beira do rio.

E Velmont exclamou, triunfante:

– Ganhei meu Tosão de ouro a bela Patricia! Está tudo bem. O inimigo comeu poeira no leito do rio! Venha comigo, escrava incomparável da qual sou um servo submisso! Um pouco molhado, o servo, mas a chama do amor irá secá-lo!

Uma charrete conduzida por um camponês passou, carregada de feno. Velmont instalou a jovem e se sentou ao lado dela, continuando seu discurso.

– Duas carteiras, Patricia, que lucro!

– O que isso importa, já que, se eles tiverem êxito, o dinheiro não ficará com o senhor?

– Quem sabe eu não encontro uma maneira de desviar para o meu bolso a fonte de ouro que irá jorrar nesse dia e que, além disso, virá desse mesmo bolso, o que faz com que isso seja um empréstimo para uma indenização!

Na charrete, ao ritmo filosófico de um velho cavalo que se movia como se cumprisse a última viagem de sua carreira, eles fizeram um longo desvio.

– Chegaremos à Maison-Rouge – disse o camponês –, mas preciso ir à fazenda levar o meu feno!

– Ah! – disse Horace. – O senhor trabalha na fazenda da Maison-Rouge?

– Sim. Hoje é dia de armazenar o feno.

– Ouviu, Patricia? Bem, isso é um sonho! Um celeiro, pradarias, feno que se armazenam, todas as alegrias bucólicas! Isso é tranquilidade! Como seríamos felizes!

– Eu desconfio – disse ela, meio sorridente.

– E do que desconfia, por favor?

– Da sua inconstância! Sabe-se que o senhor muda facilmente da morena para a loira!

– Desde que a conheço, incomparável Patricia, o ouro e o bronze dos seus cabelos conquistaram para sempre minha admiração! Além disso, se a senhorita fosse branca, isso não faria nenhuma diferença. Uma Patricia coroada de prata! Que sonho!

– Obrigada! De todo modo, tome cuidado – a jovem respondeu com uma risada. – Sou desconfiada e exclusiva. Não admito nenhum sinal de imprudência. Se o senhor é volúvel, atenção!

Papeando alegremente para esconder as preocupações que o retorno de seus inimigos tinha exercido sobre eles, o casal adentrou em um vasto pátio rodeado de pilhas de esterco e de fossas de estrume que delimitavam pequenas saliências de seixos cimentados. No centro havia um pombal em forma de torre truncada, no qual foram preparadas as contrafortes de uma capela gótica enterrada sob a hera e cujos arcos se prolongavam em arcos imponentes que sustentavam um forte aqueduto dilapidado.

Patricia desceu da charrete assistida por Velmont. Ao cair da noite, ela seguiu para a Maison-Rouge enquanto Horace entrou nos estábulos com o camponês que queria lhe mostrar os cavalos. Alguns minutos depois, foi a vez de Horace atravessar o pequeno bosque e o jardim para voltar para casa. De repente, ele apressou o passo. Toda a sua equipe estava concentrada nos degraus do alpendre, gesticulando e muito agitada.

– O que há? – ele perguntou com preocupação.

– É a jovem senhorita! – responderam.

– Patricia Johnston?

– Sim. Nós a vimos vir de longe. De repente, três homens saíram do mato e a cercaram. Ela tentou fugir. Gritou. Mas, antes que pudéssemos socorrê-la, os três homens a agarraram e a carregaram nos ombros. Ouvimos gritos por algum tempo, mas isso não durou muito.

Horace estava pálido, comprimido por uma terrível angústia.

– De fato – disse ele –, ouvi alguns gritos, mas pensei que eram crianças. E para que lado foram esses homens?

– Eles passaram entre a nova garagem e os antigos galpões.

– Ou seja, no fim do jardim, em direção à fazenda?

– Isso mesmo.

Horace não duvidou nem por um segundo de que tinha sido Maffiano e seus acólitos que, voltando do Sena em linha reta, os haviam ultrapassado na Maison-Rouge e preparado a emboscada que executaram enquanto ele próprio estava com o camponês nos estábulos.

Apressadamente, foi procurar o camponês.

– Sabe ou já ouviu falar de alguma comunicação entre a fazenda ou o parque e o rio Sena? – perguntou Velmont com a voz entrecortada.

O camponês não hesitou.

– Sim, eu conheço uma! Parece, inclusive, que nos tempos antigos havia uma comunicação com Corneilles. A bela Angélique, sua criada, que estava aqui há algum tempo, vai guiá-lo. Ela conhece bem o caminho. Angélique! Angélique!

Mas a bela Angélique não respondeu, e o próprio camponês acompanhou Horace na direção do pombal. Sob uma das arcadas do antigo aqueduto, adjacente a ele, uma face do muro mostrava as linhas de uma saída que escombros rudemente amontoados condenavam.

Não havia dúvida sobre a existência de uma passagem secreta. O camponês ficou surpreso ao descobrir as marcas de uma passagem muito recente.

– Acabaram de passar por ali – disse ele. – Olhe, senhor. Nem se preocuparam em colocar de volta os escombros. Colocaram tudo de qualquer jeito.

Horace e o camponês demoliram o obstáculo com os ombros. Os escombros caíram por uma escadaria escura, produzindo longos ecos.

– Isso vai longe – disse o camponês –, e no meio há uma grade que barra a passagem.

Ele acendeu uma lanterna. Horace também acendeu sua lanterna de bolso. Uns duzentos passos depois, a grade os parou. Felizmente, a chave estava do outro lado da fechadura; os fugitivos tinham esquecido de tirá-la.

Eles continuaram a busca. Logo o ar mais fresco que vinha do subsolo anunciava a aproximação do rio. De repente, pela moldura de uma janela que não tinha mais seus vidros, nem mesmo suas madeiras, e que era a janela de um casebre que permaneceu de pé por ninguém sabe que milagre, eles avistaram o exterior. No meio de rochas reluzentes que se elevavam nas margens, a vasta superfície líquida do rio brilhava sob a cética luz da lua. Trezentos metros mais adiante, à esquerda, havia um promontório rochoso que dominava, atrás, os altos choupos do pátio de uma fazenda. Nesse pátio ardia uma grande fogueira. Mais além, viam-se as massas negras de uma colina arborizada.

Horace avançou com cautela. Perto do fogo, uma tenda inflava sua tela crua. No limiar dessa tenda, debaixo da lona transformada em estore, três homens com aparência de lenhadores estavam sentados em cadeiras dobráveis. Sobre um banquinho perto deles havia garrafas e pratos. Os homens comiam e bebiam, servidos por uma mulher.

Horace desconfiou por um momento de que os três indivíduos pudessem ser Maffiano e seus cúmplices. Como se atreveram a se instalar tão perto dele? Mas ele conhecia a audácia e a imprudência de Maffiano. Quase imediatamente, no entanto, através da claridade do fogo, ele o reconheceu claramente, e a mulher só podia ser Patricia. Horace não viu o rosto dela, mas reconheceu a silhueta e estremeceu de raiva e indignação. Uma corda ligava o braço da jovem à cadeira de Maffiano. Bastava a corda se esticar minimamente para a cadeira de Maffiano oscilar. Ele chegou a cair, provocando o riso de seus acólitos.

Horace, que tinha deixado o camponês escondido, ficou parado atrás de um tronco de árvore e permaneceu invisível para seus inimigos.

Depois que terminaram de comer e fumar seus cachimbos, eles acenderam suas tochas e foram para a tenda. À luz das tochas, Horace percebeu que havia outra tenda, um pouco menor, atrás da primeira, e que a mulher, depois de terminar o serviço, seguiu para lá.

Depois de alguns minutos, as tochas se apagaram. O som das vozes e dos risos cessou.

Velmont então se deitou no chão e, de bruços, rastejou entre as gramíneas e árvores, escolhendo as porções do terreno onde a folhagem das árvores e dos arbustos formavam um obstáculo para a luz da lua.

Ele chegou assim às estacas onde as cordas estavam amarradas e deu a volta na tenda principal. De repente, a tela da segunda tenda subiu. Sem hesitar, ele entrou.

– Horace, é o senhor? – sussurrou uma voz pouco perceptível.

– Patricia?

– Sim, Patricia. Venha depressa!

E, quando ele estava prestes a tocá-la, ela acrescentou:

– Eu o vi chegar na escuridão e o ouvi no silêncio.

Ele a abraçou, exaltado. Com os lábios colados no ouvido dele, ela disse num sussurro:

– Fuja. O inspetor Béchoux e a polícia estão à sua procura. Maffiano avisou da sua presença na Maison-Rouge.

Horace Velmont sufocou um riso de desprezo.

– Ah! – ele disse. – Agora entendo por que ele se instalou perto de mim. A proteção policial o tranquiliza.

– Fuja, por favor – insistiu a jovem.

– Quer que eu vá, Patricia?

Ela murmurou:

– Tenho medo. Tenho medo pelo senhor. Estou sem forças – acrescentou.

Ele a agarrou em seus braços e beijou-lhe os lábios...

Ela não resistiu.

A BELA ADORMECIDA

A lua cheia espalhava pela noite suave e tépida sua calma luz pura e fosforescente. Ao silêncio do campo adormecido se misturavam milhares de ruídos furtivos, milhares de tremores de vida que se erguiam da terra, voando das árvores em cujos ramos, de tempos em tempos, passava o voo ondulado de uma ave noturna. O sussurro de uma cachoeira distante desfiava sua harmonia cristalina.

A noite serena embalava o descanso dos dois amantes deitados lado a lado na tenda. Às vezes Horace, semiacordado, estendia a mão e tocava o braço de sua companheira imóvel, a fim de se certificar de que ela estava mesmo lá, de que ele não sonhava, porque as circunstâncias pareciam tão estranhas que ele duvidava da realidade.

Finalmente amanheceu, e os primeiros raios do sol brilharam entre as fendas da cobertura. Horace se sentou e, mais uma vez, colocou sua mão em uma mão abandonada perto dele. Mas ele se sobressaltou, estremeceu, assustado. A mão que ele tocava estava fria, muito fria, gelada.

Horace se inclinou apavorado na direção da forma imóvel deitada no chão. Pela fraca luz que penetrava na tenda, viu que o rosto estava coberto com um véu de gaze clara, e no peito seminu, sob o seio esquerdo, havia um punhal encravado. Dominado pelo horror, ele se inclinou um pouco mais e colou o ouvido à pele gelada. Não se ouviam mais os batimentos cardíacos.

Assim, da mesma forma que passamos da vigília ao sono, ela tinha passado da vida para a morte. Uma morte tão fulminante que a ferida fatal a fez estremecer sutilmente nos braços do seu amante, a ponto de ele não perceber.

Horace correu para a tenda vizinha. Maffiano e seus homens tinham desaparecido. Sem perder tempo, ele correu até a Maison-Rouge para procurar ajuda.

No vestíbulo da casa, encontrou Victoire, que estava saindo para uma inspeção matinal.

– Eles a mataram – disse ele com lágrimas nos olhos.

Victoire perguntou ingenuamente:

– E ela está morta?

Ele a olhou com perplexidade.

– Sim, ela está morta.

A velha babá encolheu os ombros.

– Impossível!

– Estou lhe dizendo. Uma facada no coração.

– E estou dizendo: impossível.

– Por quê? Como? O que significa isso? Você tem provas?

– Isso significa que tenho certeza de que ela não está morta. E a intuição de uma mulher vale por todas as provas.

– E o que é que a sua intuição feminina me sugere?

– Que você volte lá, cuide da ferida e não a deixe. Defenda-a caso ela seja atacada novamente.

Ela se calou. Um apito estridente vibrava em algum lugar do parque.

Horace Velmont se sobressaltou, atordoado.

– Mas o que significa isso? É o sinal de Patricia!

– Então está tudo bem – exclamou Victoire triunfante. – Vê como ela não está morta e escapou de Maffiano e de seus cúmplices?

Transfigurado pela alegria, Horace se inclinou para fora da janela aberta e apurou os ouvidos.

No mesmo momento, ouviu-se um rugido de animal grande e rouco passear pelo espaço, prolongar-se e se extinguir.

A velha babá instintivamente se benzeu, como teria feito caso fosse um trovão.

– É a tigresa – disse ela. – Sim, disseram-me ontem que uma tigresa escapou, há alguns dias, de uma feira de animais itinerante e se refugiou onde chamam aqui de floresta virgem do Castelo de Corneilles. Fizeram uma busca, ela estava ferida, o que a deixa furiosa e ainda mais perigosa. Se ela encontrar Patricia…

Horace saltou pela janela e correu para a antiga capela onde ficava a entrada para o subsolo. Ele a atravessou a toda velocidade. Quando saiu, ouviu gritos femininos vindo da direção do promontório, junto de repetidos assobios misturados com os rugidos da fera.

Um novo rugido, ainda mais perto. A besta vinha em direção à Maison-Rouge. Velmont atravessou correndo os prados vizinhos ao promontório, lançou-se em direção às tendas e ficou atordoado ao encontrá-las caídas no chão. Tudo agora não passava de uma pilha de telas, estacas e bancos, como se um cataclismo tivesse passado por ali.

No rio próximo dali, Horace avistou um barco que se distanciava navegando, sem fazer barulho. À primeira vista, percebeu haver três homens na embarcação.

– Ei! Maffiano! – ele gritou. – O que você fez com Patricia? Você a feriu, assassino! Admita! Ela está morta? Onde ela está?

O homem no barco encolheu os ombros.

– Não sei de nada! Procure-a! Ela ainda estava viva, mas a tigresa nos atacou, destruiu nossas instalações, e acredito que Patricia tenha sido levada por ela. Procure-a, isso é da sua conta.

O barco desapareceu no rio.

Horace, dominando sua angústia, escutou, observou. Ele não viu nada, não ouviu mais assobios nem rugidos. Havia por toda parte uma calma que lhe pareceu sinistra.

Então, seguindo o conselho do bandido, ele procurou. A certa distância dali, estendia-se a massa escura da floresta que cercava o Castelo de Corneilles. Ele entrou através de uma fenda no muro. As primeiras árvores eram esparsas. A floresta virgem, disseram-lhe, começava apenas a certa distância das imediações do castelo.

Um novo rugido foi ouvido a menos de duzentos metros. Velmont parou, preocupado apesar de sua coragem. Sem dúvida a fera havia sentido seu cheio e corria ao seu encontro. Ele pensou rápido. O que podia fazer? Ele só tinha um revólver de pequeno calibre para se defender. Além disso, como mirar se a tigresa surgia repentinamente do meio da mata?

Sons de folhas pisadas e ramos amassados se aproximavam cada vez mais. A fera estava próxima. Ele ouviu seu rugido abafado, sua respiração furiosa, sem conseguir vê-la.

Mas ela certamente o via e estava prestes a atacar sua presa.

Horace saltou com uma agilidade acrobática. Agarrou-se ao galho de uma árvore bastante alta e se equilibrou com as mãos. Ele sentiu não um canino, mas o poderoso choque de um focinho quente bater em sua perna. Ele se ajeitou no galho, conseguiu se segurar em outro ramo mais alto e então subiu facilmente até uma altura inacessível.

A tigresa, após seu primeiro ataque malsucedido, não tentou outros. Logo Horace percebeu que ela partia, correndo em direção à floresta, e a ouviu rosnar de raiva. Então houve mais um rugido e, em seguida, estalidos surdos de ossos esmagados.

Horace tremeu de horror. A fera teria realmente surpreendido Patricia na tenda, e seria ao seu corpo retalhado que ela voltava? Se isso fosse verdade, ele não exporia sua vida. A morte já não tinha nenhum remédio.

Indefeso, louco de emoção, corroído pela angústia, ele esperou duas horas antes de descer da árvore. Uma espera interminável e tão cruel que, de repente, ficou sem forças para superá-la. Desafiando o perigo, ele deslizou de galho em galho e, com o revólver na mão, adentrou na mata.

Ele teve inclusive a audácia de chegar à borda mais densa da floresta que explorou. Mas não encontrou nada, apesar das buscas. Bandos de corvos se lançavam entre as clareiras, e, diante dele, pequenos animais selvagens da floresta corriam e fugiam por toda parte. Mas não havia vestígios da tigresa.

Procurou por um longo tempo, em vão, cansado e desesperado, atacado por mosquitos, oprimido pelo calor imóvel e sufocante, ainda mais forte no final do dia por uma ameaça de tempestade.

Exausto, finalmente voltou para a Maison-Rouge junto com os primeiros raios que rasgavam o horizonte, seguidos pela voz solene do relâmpago.

Naquela noite ele não jantou. Seus nervos se acalmaram um pouco com o fluxo da chuva, e ele se deitou em sua cama, mas tentou inutilmente pegar no sono. Seu cérebro febril invocava a todo instante a memória da noite em que segurava sua amada Patricia nos braços. Ele tentava imaginar o que tinha acontecido enquanto dormia. O assassino deslizando na escuridão, tateando, com o punhal na mão e atingindo Patricia sem suspeitar de sua presença, da presença de Horace Velmont. Talvez Patricia tivesse tido a suprema coragem de não fazer nenhum gesto que pudesse desviar o perigo para ele. Ela morreu para salvá-lo. Como ela o havia amado então!

Mas havia outra coisa. A situação era confusa, inexplicável. O que significava aquele assobio, aquele evidente apelo de Patricia? Para chamar, ela precisava estar viva. Horace tinha esperança. Sim, havia elementos realmente incompreensíveis que permitiam ter alguma esperança.

A tempestade aumentava e, com o estrondo dos trovões que abalavam o espaço, de repente os três cães de guarda começaram a uivar num concerto sinistro e enlouquecedor. Eles devem ter quebrado as correntes que os prendiam, porque Horace os ouviu galopar como bestas selvagens através do Parque, perseguindo uns aos outros e perseguindo sabe-se lá que fantasmas que surgiam sob as árvores e os arbustos e chegando até o pátio da fazenda. Foi um pesadelo, um tumulto louco, misterioso e trágico.

Era possível dizer que o campo entrincheirado que formava a propriedade estava sendo atacado por hordas de cavaleiros bárbaros que avançavam pela linha dos defensores empunhando seus sabres. Horace

Velmont alucinava na escuridão da noite, ele os imaginava, via-os brandindo lâminas e tochas, assassinando e incendiando tudo. E aqueles latidos furiosos incessantes, aqueles gritos frenéticos aos quais, às vezes, misturava-se a queixa apavorada das presas caçadas... e depois, mais adiante, o rugido furioso da tigresa.

Horace chamou os líderes dos esquadrões da defesa. Eles estavam de vigia, mas também não entendiam nada do que estava acontecendo.

Eles tinham tentado uma saída, mas, na noite escura e sob a forte chuva, não conseguiram ir muito longe; além disso, não viram nada. Um vento absolutamente forte continuava a varrer os jardins, evocando, em sua insólita veemência, a maléfica passagem do maldito Caçador das antigas lendas.

O amanhecer acalmou pouco a pouco a tormenta. Os cães ainda saltavam dando impulsos desordenados. A tempestade havia abrandado, a densa enxurrada havia diminuído e se transformado em uma chuva hesitante e delicada, que parecia ter a missão de regar o campo de batalha. E o dia se firmou, dissipando os pesadelos e pacificando as pessoas e os animais. Os cães ainda rosnavam, mas sem muita convicção, de alguma forma com reservas, preocupados com a inevitável distribuição de chicotadas que viria como consequência das loucuras da noite. As chicotadas foram generosamente distribuídas pelo próprio mestre, que passou por cima deles com seus nervos exasperados.

– E tudo isso para quê? – ele dizia. – Para que monstro antediluviano? Para que dragão voador? Para que quimera apocalíptica? Caramba! O que vejo?

Era um *poodle*, um *poodle* agonizante com a cabeça esmagada, a barriga escancarada, e cujas patas ainda tremiam como galhos que com o sopro do vento se emaranham na confusão lívida dos intestinos desenrolados.

Lupin pegou o pequeno cadáver pelas orelhas e, brandindo-o como um troféu, mostrou-o aos seus homens, gritando:

– Vejam, aqui está a fera selvagem que eles capturaram em sua caçada.

Um dos homens examinou o animal morto e declarou:

– Diabos, é o cão da Bela Adormecida!

– O quê? Bela Adormecida? O que isso significa?

– Sim, a senhora que dorme há um século no castelo abandonado!

– Que castelo?

– O Castelo de Corneilles, ali na floresta, depois do promontório.

– E há uma senhora que dorme há um século? Isso é um disparate! É um conto de fadas.

– Não sei de nada. Ouvi dizer que há uma senhora dormindo…

– Você a conhece?

– Ninguém a conhece. Mas interroguei pessoas do vilarejo que me contaram isso. Fala-se muito sobre essa história na região.

– O que dizem?

– Que o avô dela, na época da Revolução, participou da condenação de Louis XVI e da família real. Então, como expiação, ela viveu dez anos de joelhos diante do calvário de Corneilles, e desde então está dormindo.

– Sozinha nesse castelo?

– Sozinha.

– Mas ela come, bebe?

– Não se sabe.

– Ela caminha?

– Às vezes ela vai até o vilarejo, mas aqueles que a encontraram sabem muito bem que ela não acorda e que dorme enquanto caminha, mas mantém os olhos abertos, como sonâmbulos que olham sem ver. Eu nunca a encontrei, mas a história é verdadeira…

Horace Velmont permaneceu pensativo. Ele concluiu:

– Logo irei me desculpar pela morte de seu pobre cãozinho. Onde fica exatamente o castelo?

– Oh! Esse castelo é um casebre, completamente em ruínas, reparado com tábuas e rodeado por uma floresta que chamamos de Floresta Virgem.

– E ela não recebe ninguém enquanto dorme?

– É muito raro. No entanto, parece que, outro dia, um domador com um oficial de justiça foram buscar uma tigresa que tinha fugido de uma feira de animais. Eles a haviam procurado por toda parte. As buscas tinham sido feitas com todos os caçadores do país. Enfim souberam que ela fora vista na floresta de Corneilles, mas a senhora adormecida respondeu ao oficial de justiça: "Sim, eu a acolhi, ferida por uma bala e furiosa. Ela está na minha floresta, curada, mas ainda furiosa. Vão pegá-la!". O oficial de justiça está até hoje à procura dela...

À tarde, Velmont mandou colocar o cadáver do *poodle* num cesto de palha e seguiu com ele para o promontório e depois para o grande bosque da colina. Um caminho lamacento, cheio de encruzilhadas, ascendia em direção aos fossos transbordantes que culminavam no terraço de uma barbacã meio encoberta de troncos e de carvalhos. Depois disso, no final de uma relva verde onde existia um velho calvário corroído pelos séculos, encrespavam-se ondulações de hera sob as quais se podia discernir as linhas confusas de uma construção com mais da metade já corroída e cujas pedras haviam rolado a distância em blocos, agora acorrentadas também pela hera e estofadas pelos musgos.

Um sinal de existência e hostilidade para os visitantes. Por todos os lados havia postes com inscrições pintadas de branco sobre o painel preto:

"Propriedade particular."

"Entrada proibida."

"Cães perigosos."

"Armadilhas para lobos."

Nenhuma porta visível, nenhuma entrada aparente. Entre as sarças, chegava-se a uma janela através de degraus cobertos por musgos. No interior, nada além de salas desertas, sem teto e como piso coberto de grama, plantas vivazes e poças de lama. Um caminho, se é que podemos nomeá-lo assim, serpenteava através das ruínas. Horace chegou então a uma comprida barraca alcatroada plantada no meio de uma sala e que lhe pareceu o único lugar habitável.

Ele abriu a porta e perguntou:

– Tem alguém aí?

Na parte de trás da barraca, ouviu-se o barulho de uma porta se fechando com uma batida.

Ele seguiu para esse lado, atravessou uma sala estreita onde havia um saco de dormir e entrou em uma cozinha onde, sobre uma mesa de madeira, em uma lamparina, batatas cozinhavam na água de uma panela ao lado de uma tigela de leite.

A Bela Adormecida, surpreendida pelo intruso, tinha fugido, deixando para trás sua refeição.

Horace quis segui-la, mas parou de repente. À sua frente, a dois passos de distância, o focinho de uma fera bloqueava-lhe o caminho.

UM NOVO COMBATENTE

Atrás do animal, no pátio, viam-se as árvores de uma floresta espessa cerradas umas às outras e formando uma muralha vegetal. Uma fenda estreita a perfurava, uma espécie de túnel escuro escavado nos ramos e nas folhas. A velha castelã de Corneilles devia ter fugido por ali. A tigresa, após acompanhá-la, posicionou-se diante do visitante indesejado.

Homem e fera, por um momento, olharam um para o outro, imóveis. Horace Velmont, bastante desconfortável, disse a si mesmo:

– Rapaz, se você se mexer, a pata dela, com todas as garras à mostra, vão arranhá-lo e arrancar sua cabeça.

No entanto, ele não baixou os olhos. Ele testava seu próprio sangue-frio diante de um perigo incomum, mas, no fundo, pouco descontente com o encontro que lhe permitia estar na presença de uma grande fera e se controlar. Que excelente exercício de vontade e de "autocontrole"!

Passou-se um minuto, que mais pareceu um século. Ele estava aguentando firme! O medo, que no início quase o havia dominado, começava agora a se dissipar. Ele estava à espera do ataque, quase o desejava…

De repente, como se domada pelo olhar implacável que nunca a deixava e lhe impunha a vontade do homem, a besta, grunhindo surdamente, deu meia-volta e, cheirando o ar, pareceu disposta a partir pelo túnel de vegetação. Velmont, então, sem tirar os olhos dela, deu dois passos para trás, pegou sobre a mesa da cozinha uma tigela cheia de leite e a estendeu cuidadosamente na direção do animal. A tigresa hesitou e então se decidiu e, fazendo certa pose, veio beber o leite. Com três ou quatro lambidelas, ela esvaziou a tigela. Depois, mais calma, voltou até a fenda onde cheirou, sobre a relva úmida, os vestígios da velha senhora que havia partido por ali. Horace observou que a tigresa ainda estava mancando um pouco da traseira, por causa do ferimento sofrido durante a perseguição, e ele concluiu que ela tinha sido tratada pela estranha reclusa de Corneilles e tinha se afeiçoado a ela.

Rapidamente, não querendo se expor a uma brusca mudança de humor do animal, fechou a porta, refez o caminho da barraca e, empunhando o revólver, voltou para a Maison-Rouge, sempre vigiando o caminho atrás dele. Fazendo uma análise, ele estava bastante satisfeito em sair da aventura ileso.

Dois dias depois, Horace tomou coragem para explorar o bosque impenetrável e, novamente, adentrou a velha habitação misteriosa. Mas desta vez ela parecia abandonada. Ele não encontrou nem a Bela Adormecida nem a tigresa. Chamou. Nenhum barulho. Ele tinha na mão uma faca pesada com uma lâmina triangular e afiada. Seu objetivo era atrair a fera e estripá-la. Assim a vítima estaria vingada! Depois de muito refletir, ele tinha chegado à triste convicção de que Patricia ainda estava viva quando pela manhã ele estupidamente a havia deixado, acreditando que ela estava morta. Apenas depois a tigresa a matou e levou seu corpo para algum covil escavado sob as folhas secas. Velmont também queria descobrir o esconderijo de Maffiano e castigá-lo, mas nada lhe revelou a presença dos três bandidos. Durante horas ele vagou em vão, ávido por vingança e massacre.

Ele voltou para casa cansado e desapontado. Mas Victoire, a quem confidenciou a terrível certeza que tinha em relação ao destino de Patricia, balançou a cabeça em sinal de descrença e respondeu:

– Minha opinião não mudou: ela não está morta! A fera não a matou, tampouco Maffiano.

– E, como prova, somente a sua intuição feminina, como sempre – tripudiou Velmont tristemente.

– Isso basta. Além disso, Rodolphe está perfeitamente tranquilo. Ele não está preocupado com a ausência da mãe. Ele a adora, é nervoso e sensível. Se a mãe tivesse morrido, ele teria sido avisado.

Velmont encolheu os ombros.

– Sexto sentido... você acredita nisso?

– Sim! – disse a velha senhora com convicção.

Houve um silêncio. Mais uma vez, Velmont estava esperançoso. Mas isso não seria loucura? Irritado, ele retomou:

– No entanto, naquela noite, segurei nos meus braços uma mulher viva, que de manhã estava morta...

– Sim, mas não a mulher que você pensa que era.

– Quem, então?

Victoire olhou à sua volta e baixou a voz.

– Ouça, desde aquela famosa noite, Angélique, a governanta, desapareceu. Soube por uma fonte segura que essa Angélique foi amante de Maffiano. Ela conhecia os seus cúmplices, cozinhava para eles e todas as noites ia encontrá-los.

Horace refletiu por um momento.

– Então foi a Angélique que morreu? Seria um alento... Mas, nesse caso, explique por que Angélique assumiria o lugar de Patricia. Por que ela me atrairia para a tenda? Por que Maffiano a teria assassinado? Por quê? Por quê?

– Angélique aproveitou a oportunidade para se aproximar de você, o que há muito tempo ela desejava fazer. Você não percebia os olhares dela?

– Então você acha que ela estava apaixonada por mim? É lisonjeiro! E Maffiano a matou por ciúmes. Coitado. É verdade que ele não tem sorte com suas amadas, todas elas preferem a mim. Patricia, Angélique. Mas por que é que ele não me matou?

– Você não me disse que pegou dele a carteira que lhe dava direito a uma parte da fortuna? Ele tem medo de não encontrá-la com você e, se você morresse, talvez ele nunca a encontrasse. Além disso, ainda que se seja um bandido determinado, não se tem o atrevimento de matar assim Horace Velmont…

Ele balançou a cabeça.

– Talvez você esteja certa, mas, mesmo assim, eu não confiaria muito nisso. Bem, sejamos realistas: você tem dedução e lógica, minha boa Victoire!

– Então você acredita em mim? Está convencido?

– Seus argumentos me parecem inquestionáveis, e eu acredito neles, é mais conveniente. Pobre Angélique, de todo modo!

Ele lamentava pela empregada, assassinada de forma selvagem por um bruto, mas sentia uma tremenda esperança ao pensar que Patricia estava viva.

Na noite seguinte a essa conversa, Velmont foi acordado pela velha babá.

Ele se sentou na cama e, esfregando os olhos, apostrofou:

– Você está ficando maluca? A não ser que tenha alguma nova intuição feminina para me contar! Me acordar às quatro da manhã! Ou você enlouqueceu ou alguma coisa está pegando fogo!

Mas ele parou quando viu o rosto completamente transtornado de Victoire.

– Rodolphe não está no quarto dele – disse ela, perturbada. – E acho que não é a primeira noite em que ele se ausenta dessa forma…

– Ele está dormindo fora de casa! Com onze anos! Enfim, é importante que ele viva sua juventude, mas, mesmo assim, ele começou cedo. E aonde você acha que ele vai? A Paris? Londres? Roma?

– Rodolphe ama a mãe. Tenho certeza de que ele foi encontrá-la; eles têm se visto, não há dúvidas…

– Mas por onde ele sairia?

– Pela janela. Está aberta.

– E os cães de guarda?

– Eles ladraram há uma hora, provavelmente quando ele saiu, e me disseram que eles também ladram às cinco da manhã, o que indica a hora do seu regresso. Todas as noites é a mesma coisa…

– Isso é delírio, minha pobre Victoire! De qualquer forma, vou descobrir o que está acontecendo…

– Outra coisa – continuou a velha babá. – Três homens estão rondando a propriedade. Eu sei.

– Sátiros estão perseguindo você, Victoire.

– Não brinque, são policiais. Os guardas avistaram um dos seus piores inimigos, o brigadeiro Béchoux.

– Béchoux, um inimigo! Você fala cada coisa! A menos que alguém da Prefeitura tenha decidido me prender, o que é bem pouco provável! Presto serviços demais para eles.

Ele refletiu, franzindo a testa.

– Mesmo assim, ficarei atento. Pode ir. Não, espere! Só mais uma coisa. Alguém mexeu no meu cofre, que está aqui! Os três botões que controlam a senha foram mexidos.

– Ninguém entrou aqui, a não ser você e eu. Como não fui eu…

– Então devo ter me esquecido de colocar os números de volta no lugar. Perceba que isso é sério. Lá se encontram minhas instruções, meu testamento, as chaves dos meus vários cofres, as indicações que me permitiriam descobrir meus esconderijos e saquear tudo.

– Virgem Maria! – a babá exclamou, juntando as mãos.

– A Virgem Maria não tem nada a ver com isso. Cabe a você ser vigilante. Caso contrário, você arrisca muita coisa.

– O quê?

– Sua honra de donzela – disse Horace friamente.

* * *

Naquela mesma noite, Horace, subindo em uma árvore, ficou vigiando o portão do parque, no lado da fazenda.

Escondido na folhagem, ele esperou pacientemente. A espera foi recompensada. Antes de soar meia-noite na igreja, um galope silencioso, cortado por um salto sobre a cerca, passou não muito longe dele. Ele vislumbrou a forma flexível e alongada de uma grande fera. Os cães ladraram no canil. Horace desceu de sua árvore e correu até a janela de Rodolphe, da qual se aproximou sem fazer barulho.

A janela estava aberta, e o quarto, iluminado. Passaram dois ou três minutos. O espião ouviu a voz da criança. Então, de repente, ele viu a tigresa voltar para a varanda através da qual ela deve ter entrado. Enorme, apocalíptica, ela pôs as patas na barra superior do corrimão. Rodolphe estava deitado sobre ela, agarrado com ambos os braços no pescoço monstruoso… e gargalhava.

Com um salto, a besta pulou para os maciços e seguiu a grandes trotadas com seu fardo, que continuava rindo. Mais uma vez, os cães ladraram furiosamente.

Então, Victoire emergiu da sombra da varanda onde estava escondida.

– Bem! Você viu? – ela disse, muito assustada. – Para onde essa fera selvagem vai levar o pobre menino?

– Até a mãe dele, é claro!

– Deus! Será que isso é possível?

– Patricia, juntamente com a senhora de Corneilles, deve ter curado o animal ferido, e a tigresa, já meio domada e grata, se apegou a ela e lhe obedece como uma cadela fiel.

– Estamos imaginando coisas! – exclamou Victoire, admirada.

– Comigo é assim! – Velmont disse modestamente.

Ele atravessou a fazenda correndo, depois passou pelos prados que levavam ao Castelo de Corneilles. Seguiu pela avenida semifechada, subiu pela janela da barraca e proferiu uma exclamação de alegria desconcertada. Sentada numa poltrona na sala, Patricia segurava seu filho no colo e o cobria com beijos.

Velmont se aproximou e olhou para a jovem, extasiado.

– Você… você… – ele gaguejou. – Que felicidade! Não me atrevi a ter esperança de que você estivesse viva! Então quem Maffiano matou?

– Angélique.

– Como é que ela chegou à tenda?

– Ela me afugentou e tomou meu lugar. Só depois compreendi o porquê! Ela amava Arsène Lupin – concluiu Patricia, franzindo a sobrancelha.

– Sempre se pode escolher pior – disse Velmont com um ar de desprendimento.

– Saïda, a tigresa, encontrou-a agonizante na tenda destruída e a levou embora sem que eu pudesse intervir. Foi horrível. – Patricia estremeceu.

– Onde está Maffiano? Onde estão os cúmplices dele?

– Ainda vagando por aí, mas com prudência. Ah! Aqueles miseráveis!

Ela pegou o filho novamente e o beijou apaixonadamente.

– Meu querido! Meu querido! Você não tem medo de nada, não é mesmo? Saïda não machucou você?

– Oh! De jeito nenhum, mãe. Ela corre suavemente, que é para evitar que eu chacoalhe muito, tenho certeza disso. Fico tão confortável sobre ela quanto nos seus braços.

– Você e sua estranha montaria se entendem bem. Isso é ótimo, mas agora você precisa dormir um pouco. E Saïda também precisa dormir. Acompanhe-a até seu nicho.

A criança ficou de pé, pegou a fera monstruosa por uma orelha e a puxou para a outra extremidade do quarto, onde havia um colchão dentro de um armário, perto da alcova onde ficava a cama de Patricia.

Mas, à medida que avançava, Saïda impunha à criança uma evidente má vontade, traduzida por um rugido irritado. No final, ela ficou imóvel e, agachada sobre as patas traseiras na frente da cama de sua dona, a cabeça no nível das patas, começou a rosnar novamente enquanto batia no chão com sua cauda furiosa.

– Bem! Saïda – disse Patricia, levantando-se de sua poltrona –, o que é que há, minha linda?

Horace olhava atentamente para a tigresa.

– Parece – ele observou – que há pessoas escondidas debaixo da sua cama, ou pelo menos na alcova. Saïda as encontrou.

– É verdade, Saïda? – disse Patricia.

A fera enorme respondeu com um rugido mais furioso e, voltando a ficar de pé sobre as patas, empurrou com seu poderoso focinho a cama cujo ferro foi bater contra a parede lateral.

Um triplo grito de terror ecoou, vindo de pessoas que realmente estavam escondidas debaixo da cama e que agora se encontravam expostas.

Patricia saltou em auxílio dos intrusos, seguida de Horace, que exclamou:

– Vamos, falem tudo, ou estarão perdidos! Quantos vocês são? Três, não é, incluindo o ilustre Béchoux? Vamos, responda, policial do meu coração.

– Sim. Sou eu, Béchoux – disse o policial, ainda no chão e apavorado com Saïda eriçada e rosnando.

– E você veio me prender? – Velmont continuou.

– Sim.

– Prenda Saïda primeiro, velhote. Talvez ela se deixe prender. Você não tem sorte mesmo! Quer que ela vá embora?

– Adoraria! – disse Béchoux com convicção.

– Não posso negar nada a você, querido amigo! Vamos satisfazer sua vontade. Além disso, será melhor assim, do contrário eu teria medo pela integridade do seu belo físico! Vamos, Patricia Johnston, por favor, livre-nos de sua guarda-costas.

A jovem, com a mão na cabeça da tigresa, que se esfregava contra ela com um ronronar semelhante ao de um motor a vapor, chamou:

– Rodolphe! Meu querido!

A criança veio se atirar em seus braços, depois Patricia ordenou, fazendo um gesto para o exterior da habitação:

– Saïda, está na hora de levar seu pequeno mestre de volta. Vá, Saïda! Vá, minha linda! E devagar, está bem?

A tigresa pareceu ouvir com atenção. Ela olhou para Béchoux com um visível lamento, pois teria gostado de saboreá-lo, mas, dócil, decidiu obedecer, orgulhosa do restante da missão que lhe tinha sido confiada. Ela avançou lentamente diante de Rodolphe e estendeu seu poderoso dorso para ele. A criança subiu, deu um tapinha em sua cabeça, segurou firme em seu pescoço com os braços e gritou:

– Em frente!

A enorme fera tomou impulso e em dois passos estava fora da sala. Um momento depois, mais longe, os cães ladravam no meio da noite.

Horace prosseguiu:

– Rápido, Béchoux, saia de baixo da cama com seus amiguinhos. Daqui a dez minutos ela estará de volta. Anda logo! Tem um mandado contra mim?

Béchoux ficou de pé, e seus acólitos fizeram o mesmo.

– Sim, o mesmo de sempre – disse ele, limpando a poeira da roupa.

– Seu mandado deve estar um pouco amarrotado. E tem outro contra Saïda?

Béchoux, irritado, não respondeu. Horace cruzou os braços.

– Balela! Então você acredita que Saïda permitirá que a coloquem no cabriolé de ferro, com as patas amarradas, se não tiver um documento assinado por quem de direito?

Ele abriu a porta da cozinha.

– Saia, meu rapaz! Saia daqui com seus camaradas! Desapareça como uma zebra! Salte no primeiro trem e se atire na cama para se recuperar! Mas não por baixo, desta vez! Aceite meu conselho, falo como amigo. Vá embora ou Saïda vai degustar um belo bife policial de café da manhã!

Os dois camaradas já tinham desaparecido. Béchoux estava se preparando para imitá-los, mas Horace o segurou.

– Só mais uma coisa, Béchoux. Quem o nomeou como inspetor?

– Você. E a minha gratidão…

– Você a manifesta querendo me prender. Enfim, eu lhe perdoo. Béchoux, quer que eu faça de você brigadeiro? Sim! Então, vá até a

Prefeitura da polícia amanhã de manhã, sábado, às onze e meia, e peça aos seus chefes para lhe darem carta branca. Eu preciso de você, entendeu bem?

– Sim. Obrigado! A minha gratidão…

– Suma!

Béchoux já tinha desaparecido. Horace virou-se para Patricia.

– Então é você a Bela Adormecida? – ele perguntou.

– Sim, sou eu. Sou francesa por parte de mãe, e a velha senhora que vivia aqui, não louca, mas estranha, é minha parente. Quando cheguei à França, vim visitá-la. Ela se afeiçoou a mim, mas, infelizmente, logo adoeceu e morreu muito rapidamente, deixando-me esta velha propriedade arruinada e abandonada. Vim me estabelecer aqui usando a lenda que a rodeava para me proteger da curiosidade. Ninguém da região teria ousado entrar…

– Eu entendo – disse Horace. – E a senhorita fez o necessário para que eu adquirisse a Maison-Rouge por causa da proximidade. Tinha um esconderijo seguro e sabia que em casa Rodolphe seria bem tratado… sem estar longe da senhorita. É isso, não é?

– É isso – disse Patricia. – E eu também estava feliz por não estar muito longe do senhor – ela acrescentou com os olhos baixos.

Ele fez um movimento para abraçá-la, mas resistiu. A jovem não parecia disposta a manifestações de carinho.

– E Saïda? – ele perguntou.

– É fácil entender. Depois de fugir da feira de animais itinerante, ferida durante as buscas, ela se refugiou aqui, onde a tratei e curei. Em agradecimento, ela me devota uma fiel afeição. Sob sua proteção, já não temo Maffiano.

Depois de um silêncio, Horace se curvou diante de Patricia.

– Que felicidade reencontrá-la, Patricia! Pensei que estava morta. Mas por que não me tranquilizou antes? – ele acrescentou com um tom de reprovação.

A jovem permaneceu em silêncio por alguns instantes, com os olhos fechados e a figura congelada numa expressão quase hostil.

Enfim, respondeu:

– Não queria voltar a vê-lo. Não consigo esquecer que o senhor escolheu outra. Sim, à noite, na tenda...

– Mas eu pensava que era você, Patricia.

– Você jamais devia ter acreditado nisso! É isso, sobretudo, que eu não perdoo! Confundir-me com uma mulher como aquela! A amante de Maffiano, a criada dele e dos seus terríveis cúmplices! Como o senhor pôde acreditar que eu era capaz de me entregar assim? E como posso apagar tal memória do senhor da minha mente?

– Substituindo-a por uma lembrança mais bonita, Patricia.

– Não pode haver uma mais bela, porque ela não existirá. O senhor me confundiu com outra. Não quero competir com ela!

Horace, a quem esse ciúme enchia de alegria, aproximou-se dela.

– Competir, Patricia? Está louca! Não há rival páreo para você! É você que eu adoro! Só você, Patricia! A verdadeira! A única!

Febril, ele a pegou nos braços e a serrou contra seu peito. Ela se debateu, enfurecida, bem pouco disposta a perdoar e ainda mais revoltada porque sentia que começava a ceder.

– Solte-me – gritou ela. – Eu o odeio. O senhor me traiu.

Tremendo, tentando um último esforço antes do abandono que ela confusamente entendia ser inevitável, ela o empurrou. Mas ele não a soltou e inclinou seu rosto sobre o dela.

Os dois batentes da porta de vidro se abriram ao mesmo tempo, provocando um estrondo. De volta, a tigresa tinha saltado para a sala e, agachada, quase deitada, os olhos brilhando como duas estrelas verdes, estava prestes a atacar.

Horace Velmont soltou Patricia, recompôs-se e, olhando fixamente para o animal, disse-lhe com cautelosa doçura, um pouco rabugento:

– Ah, você está aí? Não acha que está se intrometendo onde não foi chamada? Ah, Patricia, como ela está bem treinada, sua gatinha! Caramba, você sabe mesmo se fazer respeitar! Bem, bem. Eu a respeito! Só que, como não quero parecer ridículo, nem quero que a mulher que amo ria de mim...

Ele tirou do bolso o canivete comprido e afiado de que nunca se separava. Abriu:

– O que está fazendo, Horace? – Patricia gritou alarmada.

– Querida amiga, eu protejo minha dignidade aos olhos da sua guarda-costas. Não quero que ela imagine que Horace Velmont é uma criança que se põe para correr! Se a senhorita não me beijar agora mesmo diante dessa gata, abro-lhe a barriga. Será uma grande batalha! Entendido?

Patricia hesitou, corou e finalmente se levantou e apoiou as mãos no ombro de Horace, estendendo-lhe os lábios.

– Por Deus – disse ele –, desse jeito a minha honra está salva! E eu não peço nada além de ser forçado a fazê-la ser respeitada muitas vezes dessa maneira!

– Eu não podia deixá-lo matar essa fera – murmurou Patricia. – O que seria de mim sem a proteção dela?

– Eu poderia ter sido morto por ela – disse Horace. – Mas isso a preocupa muito menos – ele acrescentou com um tom de melancolia que não lhe era habitual e que comoveu profundamente a jovem.

– O senhor acha? – ela sussurrou, corando ainda mais.

Mas logo se recompôs. A lembrança do que ela considerava uma ofensa cruel ainda não havia desaparecido. Ela se aproximou da tigresa e pôs a mão em sua cabeça.

– Fique tranquila, Saïda!

A fera, em resposta, ronronou.

– Fique tranquila, Saïda! – repetiu Velmont, que também havia se recomposto. – Fique tranquila para que o cavalheiro possa ir embora antes que a situação piore! Adeus, rainha da selva! Com as suas riscas, você me lembra uma zebra... mas eu é que estou de saída.

Ele pôs o chapéu na cabeça, tirou-o para passar diante da tigresa, a quem cumprimentou solenemente, e, quando ia sair, virou-se para Patricia:

– Até logo, Patricia. Você é uma feiticeira. Junto de Saïda, como a bela domando a fera, você parece uma deusa antiga. E eu amo muito as deusas, eu juro! Até logo, Patricia!

* * *

Horace Velmont logo chegou à Maison-Rouge. Victoire estava esperando por ele na sala de estar, cujas portas e janelas estavam prudentemente fechadas. Ouvindo os passos de seu patrão, ela correu ao encontro dele.

– Rodolphe está aqui! – ela exclamou. – A fera o trouxe de volta, e ele já deve estar dormindo.

– Como você lidou com a tigresa?

– Oh! Correu tudo muito bem! Não dissemos nada uma à outra. Além disso, eu tinha preparado a minha grande tesoura de costura.

– Pobre Saïda! Ela escapou por pouco. Você teria feito um bom tapete para o quarto, hein, Victoire?

– Até dois. Esse animal selvagem é enorme. Mas parece muito dócil.

– Um amor – concordou Velmont rindo.

* * *

– Agora – retomou Horace Velmont – eu tenho que falar com você sobre coisas muito sérias, Victoire!

– A esta hora? – exclamou a babá, espantada. – Isso não pode esperar até amanhã?

– Não, não pode. Sente-se aqui do meu lado no sofá grande.

Eles se sentaram. Houve um momento de silêncio.

Horace tinha um ar solene que impressionava um pouco Victoire. Ele começou:

– Todos os historiadores concordam que Napoleão I nunca foi tão grande como nos últimos anos do seu reinado e que seu talento militar atingiu o auge durante a Campanha da França, em 1814. Foram as traições que o derrubaram. Bernadotte, juntando-se aos inimigos, já tinha chegado à derrota de Leipzig. Blücher teria sido aniquilado se o general Moreau não tivesse entregue Soissons, e a capitulação de Paris não teria sido possível sem as manobras de Marmont. Estamos de acordo, não estamos?

A velha babá piscou os olhos com uma expressão aturdida.

Horace continuou, muito sério:

– Eu estou exatamente nesses momentos, Victoire. Em Champaubert, em Craonne, em Montmirail, somente sucessos. No entanto, o terreno está deslizando sob meus pés. A derrota se aproxima. Meu império, minhas bem merecidas riquezas estarão em breve nas mãos dos inimigos. Mais um esforço da parte deles e estou arruinado, impotente, derrotado, massacrado, moribundo. Santa Helena...

– Então você foi traído?

– Sim. Agora tenho certeza do que já lhe havia dito. Alguém entrou no meu quarto, abriu meu cofre e levou as chaves e os papéis que permitem o roubo de toda a minha fortuna e a apropriação dela até o último centavo. A espoliação, aliás, já começou.

– Alguém invadiu sua casa? Você tem certeza? – balbuciou a babá. – Quem poderia ter entrado?

– Não sei.

Ele a olhou profundamente e acrescentou:

– E você, Victoire, não suspeita de ninguém?

De repente ela caiu de joelhos e começou a soluçar.

– Você está suspeitando de mim, meu filho! Então prefiro morrer!

– Não suspeito que tenha aberto meu cofre, mas que permitiu que alguém entrasse e revirasse minha casa. Isso é verdade? Responda francamente, Victoire.

– Sim – ela confessou com as mãos no rosto.

Ele levantou a cabeça dela com uma mão indulgente.

– Quem veio? Patricia, não é mesmo?

– Sim. Ela veio durante sua ausência, há alguns dias, para ver o filho e se trancou com ele. Mas como é que ela sabia o número da combinação? Nem eu sei… Ninguém além de você sabe…

– Não se preocupe com isso. Estou começando a entender tudo. Mas ouça, Victoire, por que você não me contou sobre a visita dela? Eu saberia que ela estava viva…

– Ela me disse que, se eu o avisasse, isso colocaria sua vida em perigo. E me fez jurar que ficaria em silêncio absoluto.

– Por quem você jurou?

– Por minha salvação eterna – suspirou a velha senhora.

Horace cruzou os braços, indignado.

– Então você prefere sua salvação eterna à minha salvação temporária? Prefere sua salvação eterna ao seu dever para comigo?

As lágrimas da velha babá redobraram; ainda de joelhos, com a cabeça apoiada nas mãos, ela soluçava perdidamente.

De repente, Horace se levantou. Alguém batia na porta da sala. Ele foi até lá e, sem abrir, gritou de trás da porta:

– O que há?

– Um cavalheiro que insiste em vê-lo, chefe – respondeu a voz de um dos líderes do esquadrão.

– Ele está aqui?

– Sim, chefe!

– Eu vou falar com ele. Volte ao seu posto, Étienne.

– Está bem, chefe!

Quando o som dos passos do homem se distanciou, Horace, ainda sem abrir a porta, gritou:

– É você, Béchoux?

– Sim! Voltei. Precisamos acertar algumas coisas.

– O seu mandado?

– Perfeitamente!

– Você o conseguiu?

– Consegui.

– Passe-o por baixo da porta. Obrigado, meu amigo.

Um documento oficial deslizou por baixo da porta. Horace se abaixou, pegou o documento e o examinou com cuidado.

– Perfeito! – disse ele em voz alta. – Perfeito! Tudo em ordem. Só há uma falha.

– O quê, então? – perguntou a voz espantada de Béchoux.

– Está rasgado, meu velho!

Horace rasgou o mandado em quatro, depois em oito, depois em dezesseis pedaços. Formou uma bola compacta e abriu a porta.

– Aqui está o objeto, querido amigo – disse ele, estendendo a bola a Béchoux.

– Ah! Ah! E essa agora. Isso… isso não vai ficar assim.

Béchoux gaguejava de fúria. Horace o acalmou com um gesto.

– Não grite assim. Não é elegante. Outra coisa, meu velho: você veio com seu carro?

– Sim – disse Béchoux a quem, como sempre, o sangue-frio de Horace impressionava.

– Leve-me à prefeitura. Temos de cuidar da sua nomeação como brigadeiro. Mas espere por mim um momento.

– Aonde você vai? Não vamos sair do seu pé.

– Vou ver Patricia em Corneilles. Tenho algumas coisas para dizer a ela. Você vem comigo?

– Não – disse Béchoux resolutamente.

– Pois está equivocado. Saïda não teria resistido. Ela nunca hesita quando a olhamos nos olhos.

– Justamente – disse Béchoux –, meus colegas e eu não queremos de modo algum encará-la.

– Cada um sabe o que faz – disse Lupin. – Então adiarei minha visita a Corneilles para outro dia. Senhores, estou sob suas ordens.

Ele segurou gentilmente no braço de Béchoux. Ambos, seguidos pelos dois policiais que haviam acompanhado o inspetor e esperavam no vestíbulo, caminharam em direção ao portão. Já havia amanhecido há um bom tempo. Todos entraram no carro da polícia que os aguardava na estrada. Horace Velmont estava de bom humor.

Às nove horas da manhã ele obteve, graças à mediação de Béchoux, uma audiência com o comissário de polícia. Este recebeu perfeitamente o conde Horace Velmont, um cavalheiro opulento e influente que já tinha prestado grandes serviços à Administração.

Depois de uma longa e cortês conversa, Velmont deixou o prefeito. Ele havia conseguido a nomeação de Béchoux. Tinha dado algumas indicações úteis e obtido informações valiosas. O acordo estava completo.

OS COFRES

No carro, Horace Velmont se disfarçou com uma barba falsa e óculos estampados com lentes ligeiramente coloridas.

Eram dez horas. O carro estacionou e, com a última badalada do relógio, Velmont atravessou a porta de entrada do banco Angelmann.

Debaixo da abóbada, dois oficiais do banco lhe pediram sua carteirinha de membro e a validaram.

No vestíbulo, quatro colossos com envergadura de policiais ingleses vigiavam. Nova validação após a apresentação dos documentos.

Finalmente, devidamente inspecionado, verificado, identificado sob o nome de Horace Velmont, que ele mesmo havia inventado, Arsène Lupin foi conduzido pelos guardas por uma suntuosa escadaria de mármore. Aos pés dela, no térreo, em frente a uma grade maciça reforçada com barras de ferro, pararam e bateram cinco vezes, neste ritmo: 1… 2-3-4… 5. Então ouviram as fechaduras sendo destrancadas e viram uma das portas do portão se abrir, dando acesso à sala que precedia as caves reservadas aos cofres.

Não havia outro caminho para chegar até eles. Era necessário atravessar o portão, depois a porta de bronze, que se abria na outra extremidade da sala. Câmaras em forma de coração de carvalho cravejado de ferro reforçavam o teto. As paredes eram blindadas com placas de aço.

Na sala, havia cerca de quarenta homens sentados em poltronas encostadas nas paredes ou agrupados em torno de um pequeno estrado ocupado por oficiais do escritório. Entre estes estava um adolescente pálido e magro, de olhar frio. Ele agia de forma convencional, imitava a postura de Robespierre e usava trajes de janota. Tinha um monóculo colado ao olho, uma clava na mão e uma sobrecasaca de colarinho largo de veludo e gravata alta.

Os outros quarenta conjurados eram quase todos homens de músculos poderosos, mandíbulas quadradas e rostos brutos e vulgares.

Todos se levantaram em um mesmo movimento quando o som de um gongo anunciou a chegada de alguém.

Horace Velmont os observou com um sorriso sarcástico e exclamou com uma falsa e insolente admiração:

– Um salve aos camaradas gângsteres!

O efeito produzido foi lamentável. Os quarenta se sentiram ofendidos. A palavra "gângsteres" lhes pareceu depreciativa. Fizeram soar um murmúrio desaprovador.

No entanto, o jovem pálido, sobre o estrado, interveio. Ele bateu na mesa com um cortador de papel, e, tendo conseguido recuperar o silêncio, disse:

– Desculpem-no, ele não nos conhece. É o correspondente francês que uma vez vendeu ao senhor Mac Allermy as informações necessárias para o nosso plano.

E, imediatamente, ele começou com a voz aguda, cuja fragilidade tentava corrigir com socos na mesa e atitudes implacáveis:

– Senhores, hoje é a primeira assembleia geral prevista desde o início pela nossa comissão de ação, e sinto-me obrigado a dar algumas explicações àqueles de vocês que vieram aumentar nossas fileiras desde que tudo isso começou. Como sabem, meus amigos, nossa associação remonta a vários séculos e foi formada por homens de coragem, cheios de fé religiosa, ansiosos por salvar o papado dos tempos conturbados do Renascimento, enquanto os papas defendiam o espírito da civilização romana e latina contra os Bárbaros do Norte, os Francos e os Germânicos.

"A associação foi retomada, revigorada e rejuvenescida no momento presente por dois homens eminentes, dois amigos a quem nosso dever, bem como nossos sentimentos de gratidão e afeto, nos convida a prestar um tributo: Mac Allermy e Frédéric Fildes. Estes, compreendendo a vida moderna, adaptaram nossos estatutos às circunstâncias, fortaleceram nossa disciplina, e, acima de tudo, nos ofereceram um propósito digno de nossos esforços.

"Foram eles que tiveram a ideia original de submeter nossos homens de ação, nossos militantes, a uma autoridade superior, composta de personalidades independentes e de moralidade inflexível. Eles chamavam essa autoridade superior de Conselho de Ordem e Disciplina Integral, o C.O.D.I. Esse Conselho é composto por nós. Somos quarenta associados austeros e ferozes, como puritanos primitivos, sem misericórdia pelas fraquezas dos outros e pelas nossas próprias falhas. Quarenta príncipes do Inferno que sabem discernir, julgar e atacar com tranquilidade e liberdade de espírito. Isso era necessário, senhores, pois fomos obrigados, desde o início, a empregar agentes de todos os tipos, sem escrúpulos e sem consciência. Isso era necessário para controlar o Comitê primitivo dos onze e, acima de tudo, para estabelecer os cálculos e distribuir os lucros de modo que cada um tenha sua parte justa dos resultados do esforço geral.

"Desses lucros, o C. O. D. I. primeiro recolhe para si mesmo cinquenta por cento, e a segunda metade é reservada para aqueles que atuam no mundo todo. Não se tolera nenhum tipo de erro. Nada de privilégio. Nada de iniquidade. Nossos registros são mantidos rigorosamente atualizados. Nossa contabilidade está disponível para todos.

"Órgão de disciplina, moralidade e controle, o C.O.D.I. não aceita senão a autoridade do comitê, cujos onze membros no início ressuscitaram a associação dos Mafistas, dotaram-na de planos e arquivos e a enriqueceram com sua iniciativa e seu trabalho. Eles eram onze, onze visionários inspirados, onze realizadores admiráveis, alguns dos quais devemos culpar por seus erros e crimes, mas a quem devemos também toda a nossa gratidão.

"Os resultados de seus empreendimentos pessoais, os senhores os conhecem, apreciaram os benefícios, sabem a que ponto, graças a eles, a situação de suas vidas melhorou. Não lhes contarei os pormenores das proezas individuais e das operações bem-sucedidas deles, nem a sublime probidade com que cada um, há um ano, envia à tesouraria central um proveito que facilmente poderia dissimular e conservar sem o conhecimento de todos: não, não os louvaremos. É bem simples para eles, são pessoas honestas. A Máfia lhes dá os meios de fazer grandes feitos e agir rápido. Eles agem, e, orgulhosos de seu sucesso, também ficam orgulhosos por servir e enriquecer a Máfia. As contas deles são exatas, nenhum centavo a mais ou a menos. Ofereçamos-lhes o tributo da nossa admiração. Nada é durável se não se baseia na justiça e na integridade. Mas há, entre esses colaboradores que estão conosco desde o início, dois homens cujo trabalho e espírito de coletividade e realização eu quero exaltar: Mac Allermy, em primeiro lugar, e também Frédéric Fildes. As pequenas empresas só podem produzir resultados proporcionais à sua mediocridade. A associação que formamos precisava de um objetivo grandioso, que atingisse a imaginação e galvanizasse iniciativas particulares. Esse objetivo Mac Allermy nos deu em um lapso de genialidade. Paule Sinner! Essas são as palavras mágicas que, desde o início, ressoaram em nossos ouvidos. Nossa antiga companheira, Patricia Johnston, que se tornou nossa adversária implacável e odiosa, revelou ao mundo seu verdadeiro significado. A Máfia contra Arsène Lupin, essa é a grande verdade da nossa empreitada.

"Ah! Que lembrança em meu coração e mente a do momento em que Mac Allermy, o honesto Allermy do jornal *Allo-Police*, clamou diante de mim seu ódio contra Lupin. Lupin, o último dos miseráveis, o mais perigoso, porque o mais simpático dos malfeitores, o mais hábil, o mais capaz e o mais rico. Repito estas três palavras: o mais rico. "A fabulosa riqueza de Lupin", dizia Mac Allermy, "é uma ofensa à miséria de pessoas honestas. E é essa riqueza que eu quero alcançar". Arsène Lupin, milionário, miliardário, não é uma vergonha para os nossos tempos? Uma civilização é condenada quando tais ignomínias surgem. Pense em tudo o que ele roubou, nas riquezas mortas que ressuscitou para tomar para si, riquezas de tempos passados, riquezas romanas; riquezas dos reis da França e dos monastérios da Idade Média, tudo isso está nas mãos desse vigarista. Que força para ele! Que recursos inesgotáveis! Que poder intolerável! No entanto, um confisco é possível. Eu sei, por informações confidenciais que me foram vendidas, e que eu mesmo pude em parte verificar, que Arsène Lupin converteu todas as suas riquezas – diamantes, pedras preciosas, propriedades, fazendas, vivendas, casas e palácios – em ouro, ouro americano. Existe o Banco da França e existe o Banco Arsène Lupin, os cofres de um e os cofres do outro. E o Banco Arsène Lupin é este aqui, é o banco Angelmann. Os cofres de Lupin estão ao nosso lado, nesta fortaleza! Tenho as chaves e as senhas das fechaduras. Dólares, barras, moedas de ouro, é tudo nosso...

"É a obra de Mac Allermy e é minha, minha própria obra, eu que os reuni agora para que possam ter as garantias da minha probidade e da minha delicadeza. Aqui estão as chaves, aqui, nestes papéis, as senhas que permitem abrir o cofre! Nenhum obstáculo, de agora em diante, entre os quarenta homens fortes que vocês são, bem armados, dispostos a tudo, nenhum obstáculo entre vocês e os bilhões de Arsène Lupin!"

Uma tempestade de aplausos retumbou na sala, cresceu, diminuiu e foi retomada, amplificada. Parecia interminável. Os chapéus se agitaram. Maffiano, empunhando seu bastão, gritava:

– Viva Allermy! Viva Fildes! Viva!

O jovem pálido exigiu silêncio e retomou, orgulhoso do seu sucesso:

– É uma alegria para o seu presidente constatar o nosso bom acordo e como fui seguido de modo inteligente na apresentação da nossa empreitada. Não há mais nada a dizer. Chega de palavras, vamos às ações. Os cofres exigem nossa atenção. No entanto, antes de abri-los, é necessário estabelecer entre nós uma lista dos beneficiários, a fim de saber o que terão a partilhar.

Fazendo pausas entre as indicações, ele leu:

– Número 1: Mac Allermy?

Maffiano respondeu:

– Assassinado misteriosamente. Carteira desaparecida.

– Número 2: Frédéric Fildes?

– Assassinado misteriosamente. Carteira desaparecida – disse Maffiano novamente.

– Número 3: Maffiano?

– Presente.

O siciliano saltou sobre o estrado.

– Sua carteira?

– Roubada.

– Esse é um caso que será examinado mais tarde e resolvido por decisão do C. O. D. I. Continuando: número 4? Número 5?

– Assassinados, um em Portsmouth, o outro em Paris. Carteiras roubadas.

– Número 6?

– Presente. Carteira roubada – respondeu outro assistente. Arsène Lupin reconheceu o homem. Era um dos cúmplices imediatos de Maffiano que participou dos ataques em Auteuil e na Maison-Rouge.

– Número 7? Número 8?

Foi Maffiano quem respondeu novamente:

– Desaparecidos há três dias. As carteiras deles já tinham sido roubadas antes.

– Número 9? Número 10? Número 11?

Não houve resposta.

O jovem presidente recapitulou:

– Em suma, de onze associados da primeira hora, dois estão presentes, nada mais; quatro estão mortos, cinco estão desaparecidos, e pelo menos seis carteiras, oito provavelmente, foram roubadas. Os associados ausentes, incapazes de responder à chamada hoje, perdem seus direitos sem recurso. Chamarei novamente os três últimos, sobre os quais não sabemos nada.

Ele demorou um pouco e articulou lentamente:

– Número 9? Número 10? Número 11?

– Onze presente! – gritou uma voz.

A comoção foi geral.

– Quem é o senhor? – o presidente perguntou.

Um assistente, barbudo e com óculos escuros emergiu da multidão.

– Quem sou eu? Por Deus, o número onze que o senhor chamou.

– Sua carteira?

– Aqui está.

Uma carteira foi entregue ao jovem pálido, que leu:

– Paule Sinner, número 11. A assinatura de Mac Allermy – acrescentou ele. – Está tudo em ordem. Quem é o senhor?

– O homem que lhe vendeu as informações de que falou há pouco, que são a base desta empreitada.

– Alguém o conhece aqui? Alguém responde pelo senhor?

Maffiano olhava ansiosamente para o misterioso número 11.

– Eu – exclamou o siciliano. – Eu respondo por esse senhor como sendo o ladrão de todas as carteiras desaparecidas!

– E eu respondo por você, Maffiano, como o assassino de Mac Allermy e Frédéric Fildes – retaliou o outro.

Um tumulto estava começando. O presidente tentou apartá-lo.

– O conflito dos nossos dois associados será resolvido mais tarde pelo C.O.D.I. Nossa tarefa agora é abrir os cofres.

Então o número 11 se aproximou e subiu no estrado.

– Oponho-me formalmente a essa abertura! – ele disse em voz alta e clara.

– Na qualidade de quem essa oposição? – perguntou o presidente, fazendo um esforço vão para dominar a situação.

– Na qualidade de mim mesmo. Além disso, as onze carteiras ainda não foram autenticadas.

– Eu fiz a chamada – protestou o presidente.

– Os regulamentos exigem que essa chamada seja feita três vezes para que não haja erro ou omissão.

– Uma última vez, chamo o número 9? Número 10? Ninguém é capaz de nos informar? Não temos mais números para chamar…

– E o número 12, o que o senhor fez com ele?

Uma vez feminina respondeu e, retirando o casaco masculino, uma jovem surgiu, vestida de preto e usando um véu branco. Ela se aproximou a passos lentos e assumiu seu lugar sobre a plataforma, perto do número 11.

– Aqui está meu sinal de reconhecimento – disse ela, entregando uma carteira ao presidente.

Maffiano exclamou, atordoado:

– Patricia Johnston! A amante do filho de Allermy. A datilógrafa do velho Allermy! A jornalista que nos desmascarou!

– A mulher corajosa que Maffiano persegue com o seu ódio e seu amor – declarou em voz alta o número 11.

– Sua amante – gritou Maffiano.

– Minha noiva – corrigiu o número 11, colocando a mão no ombro de Patricia. – Minha noiva, que todos respeitarão sob pena de morte!

O jovem pálido que presidia começou a rir.

– Conflito sentimental – disse ele –, isso não é da nossa conta. Uma pergunta, minha senhora. Todas as carteiras devem ter meu carimbo pessoal em forma de aranha. A sua só tem a assinatura de Mac Allermy. De onde vem essa irregularidade?

– Como sabemos por meio de um artigo do *Allo-Police* – respondeu Patricia –, eu tive uma longa conversa com Mac Allermy algumas horas antes de seu assassinato. Quando se despediu, ele me entregou um envelope que eu não deveria abrir até o dia 5 de setembro deste ano. Eu o abri na data marcada e soube então que o titular desta carteira deveria participar de uma reunião importante que Mac Allermy tinha marcado para terça-feira, 20 de outubro, em Paris, no endereço deste banco. Por isso eu vim. Ouvi seu discurso, que me deixou a par dos acontecimentos e dos meus direitos.

– Perfeito. Então só resta abrir os cofres.

– Os cofres não serão abertos – cantou o número 11 com uma voz cortante. – A minha vontade, neste ponto, é inflexível.

Uma ameaça surgiu à volta dele.

– Nós somos quarenta, e o senhor está sozinho! – observou o presidente com desdém.

– Eu sou o chefe, e vocês são apenas quarenta – foi a resposta ameaçadora.

Saltando sobre o estrado, número 11 correu em direção à porta que dá acesso aos cofres. Ele parou ali com um revólver em cada mão. Os membros do Conselho da Ordem, que haviam avançado na direção dele, recuaram em desordem e se aglomeraram a alguma distância.

O jovem pálido teve uma hesitação, mas seu amor-próprio foi mais forte do que a prudência. Desdenhoso do perigo, deu três passos e injuriou:

– Nossa paciência está se esgotando! Eu sugiro…

– E eu lhe dou um tiro ao menor gesto, seu aborto de gente!

O jovem pálido empalideceu ainda mais, mas não avançou.

Várias vozes se elevaram:

– Quem é o senhor para nos afrontar com tamanha audácia?

Então, colocando uma das armas de volta no bolso, o número 11 fez um gesto rápido. Barba e óculos caíram no chão. Um rosto nu surgiu, sorridente e temível. E a resposta veio como um relâmpago.

– Arsène Lupin!

À pronúncia desse prestigioso nome, houve um recuo geral e um silêncio aterrador.

Ele continuou:

– Arsène Lupin, detentor de todas as carteiras, isto é, de todos os títulos de propriedade dos bilhões que estão nesses cofres. Quando eu soube que Mac Allermy e Fildes estavam recuperando a Ordem dos Mafistas e que, para aumentar seu prestígio, estavam organizando uma cruzada contra mim, entrei no caso com o objetivo de melhor vigiar meus interesses e lhes dei todas as indicações úteis sobre minhas moradias, meus cúmplices, meus retiros, minhas cavernas, meus subterrâneos, meus esconderijos, tudo o que os colocou no caminho desses cofres onde eu estava guardando furtivamente minha riqueza.

– Manobra perigosa – balbuciou o presidente, recém-recuperado da sua emoção.

– Mas tão divertida! Em todo o caso, o resultado está aí. Nossos estatutos exigem uma divisão proporcional dos lucros. Eu não só tenho a maioria dessa sociedade anônima, como tenho também todas as ações. Se não estão felizes, reclamem no tribunal. Enquanto isso, aproprio-me do pecúlio e o guardo comigo. Tenho o direito, a minha consciência e, o melhor de tudo, a força...

Patricia tinha se aproximado de Lupin. Ela sussurrou, completamente angustiada:

– Basta que um deles dispare e todos os outros se atiram sobre você como um bando de lobos famintos.

– Eles não se atreverão – respondeu ele. – Pense no que representa para os bandidos um tipo como Arsène Lupin! Pense no meu prestígio!

– Ledo engano. Nada importa para uma quadrilha cega, louca de raiva e de ganância. Nada lhes fará resistir! Nada...

– Sim, eu...

Antes de completar a frase, um tiro partiu da multidão. Lupin foi baleado na coxa. Ele cambaleou, caiu, mas se levantou. No entanto, teve de se encostar à parede.

– Vocês são uns covardes! – ele gritou. – Mas não tenho medo dos seus ataques anônimos! Não vou ceder. O primeiro que tentar passar por este subterrâneo estará morto. Se outro tiro for disparado, eu revido! Para quem vai a primeira bala? Para você, Maffiano?

Ele os ameaçava com suas armas. Mais uma vez, todos recuaram. O jovem pálido interveio.

– Arsène Lupin – disse ele, levantando a voz –, há pouco eu lhe ofereci uma transação. Aceite-a. Ninguém duvida da sua coragem. Mas a tarefa está acima das suas forças. Sua fortuna está aqui. Ela nos pertence. Só precisamos pegá-la sem que lhe seja possível se opor a isso. Por que lhe interessa ficar com tudo? A fortuna é tamanha que o todo lhe seria inútil. Aceite uma partilha razoável. Cem milhões para nós. E sobrarão centenas para o senhor.

Rumores de protesto foram ouvidos. Ninguém queria consentir em tal sacrifício. A enorme fortuna que, segundo eles, bastava pegar os enlouquecia.

Lupin respondeu:

– Seus amigos e eu estamos de acordo, meu Robespierrezinho. Eles querem tudo, e eu também.

– Por acaso você prefere morrer? – indagou, de modo teatral, o pseudoconvencional.

– Sim! Mil vezes sim! Lupin, derrotado, não é mais Lupin.

– Mas você está derrotado, Lupin.

– Não, pois estou vivo… E agora tenham cuidado, camaradas!

Ele fez um gesto, e os mais próximos, para se afastar, empurraram seus acólitos, amontoados atrás deles. Mas Lupin, em um segundo, deslizou um dos revólveres entre dois botões de seu casaco. Sempre segurando a outra arma apontada para seus adversários, ele colocou a mão livre na boca e, pressionando dois dedos contra a língua, com um domínio que teria invejado o bandido mais experiente das ruas, lançou um assobio estridente, cuja violência, naquele pequeno espaço, feriu os ouvidos.

Todos os gritos, ameaças e imprecisões cessaram. O silêncio se estabeleceu numa espera ansiosa…

SOS

O que aconteceu foi uma resposta repentina e terrível a esse sinal.

Ruídos percorreram todo o andar superior e, um a um, os fundos das câmaras caíram como tampas de caixas colocadas de cabeça para baixo.

Por cima das cabeças, surgiram quinze vezes dez buracos retangulares, escancarados como escotilhas abertas. E por aquelas cento e cinquenta aberturas desceram e se posicionaram cento e cinquenta canos de fuzil cuja pequena mira preta e mortal olhava para a multidão.

– Apontar! – comandou a voz metálica de Lupin, que, de pé, orgulhoso, ameaçador e sorridente, parecia ter esquecido sua ferida.

Ele repetiu com a voz ainda mais forte:

– Apontar!

O momento era trágico. Os quarenta, imobilizados pelo medo, não se moviam mais do que os condenados no corredor da morte, ameaçados por espingardas apontadas por um pelotão de fuzilamento.

Lupin explodiu num riso estridente.

– Vamos, camaradas, coragem! Não se aflijam, raios! Vejamos: para que vocês se recuperem, alguns exercícios de relaxamento me parecem apropriados, hein! Comecem! Sentido! Mãos ao lado do corpo! Cabeça erguida! Estão acompanhando? Flexões com pernas alternadas e com elevação dos braços. Pontas dos pés para a frente, por favor. Um, dois, três, quatro! E então, Maffiano, estamos dormindo, meu rapaz! Atenção aí em cima, o senhor Maffiano é aquele tipo chulo escondido no meio de um grupo de camaradas, contra a parede, à minha esquerda. Se ele não obedecer…

Houve um movimento dos fuzis à procura do senhor Maffiano, que pensou que estaria morto se vacilasse. Sem nenhuma vergonha, ele obedeceu às ordens de Lupin. Inflou o peito, virou a cabeça, colou os punhos nos quadris e, com ar sério, como um rapazinho consciencioso, executou os exercícios ordenados da melhor forma possível.

– Alto! – ordenou Lupin.

A obediência foi imediata, e a imobilidade, repentina. Neste momento, um pelotão de guardas desceu do primeiro andar e apareceu atrás da grade. Béchoux, um recente e muito orgulhoso brigadeiro, comandava-os.

Lupin apostrofou o brigadeiro Béchoux:

– Ei, velhote, por favor, tome nota que, conforme meus acordos com a Prefeitura, estou entregando quarenta gângsteres de primeira classe, todos ases, da melhor das linhagens, o que se fez de melhor em matéria de assassinos, sequestradores, ladrões de joias e assaltantes de bancos. No comando, o senhor Maffiano, chefe da Máfia, uma figura sinistra com as mãos vermelhas de sangue.

Através do portão aberto, os gângsteres saíram um a um.

– E você, Lupin! – lançou o brigadeiro num tom agressivo enquanto se aproximava.

– Eu, nada a fazer. Sou intocável. Você recebeu a ordem do prefeito, não recebeu?

– Sim. A ordem para reunir cento e cinquenta e quatro agentes e guardas para prender esses senhores do C.O.D.I, isto é, da Máfia.

– Eu só pedi cento e cinquenta.

– Os quatro a mais são para você, Lupin!

– Está maluco!

– De maneira nenhuma. Ordem do prefeito.

– Oh! A prefeitura está contra mim?

– Sim. Estamos fartos dos seus planos e truques. Você nos dá mais prejuízo do que lucro.

Lupin desatou a rir.

– Bando de patifes! E você deve ser muito estúpido, Béchoux! Então, mais uma vez, você imagina que, com a prisão de Lupin decretada, o dito Lupin cairá de bico na sua armadilha, como uma cotovia assada?

– A ordem é para prendê-lo, e vivo – observou Béchoux, inquieto com o sangue-frio de seu adversário, de quem ele não ousava se aproximar muito.

Lupin gargalhou novamente:

– Vivo! Então querem me exibir em uma gaiola, no Grand-Palais?

– Exatamente.

– Seu moleque!

– Com os gângsteres, somos duzentos.

– Poderiam ser duzentos mil!

Béchoux tentou ser razoável:

– Esquece que está ferido, sangrando, três quartos moribundo?

– Você disse bem, Béchoux do meu coração, três quartos! Mas esse último quarto é o melhor. Com um quarto de vida, acerto as contas com todos vocês, meus cordeirinhos!

Béchoux encolheu os ombros.

– Você está delirando, meu pobre Lupin! Está sem força…

– E as minhas reservas, você não as leva em consideração? Minha guarda imperial? Aquela que não se rende, sabe? Cambronne[5]!

– Pois chame sua guarda então!

– Pobre Béchoux, quer mesmo que eu faça isso?

– Sim.

[5] Referência a Pierre Cambronne, general do Primeiro Império Francês, ferido na Batalha de Waterloo e que, intimidado a se render, proferiu a palavra *merde*. Desde então, muitos franceses substituem esse xingamento pelo próprio nome do general, como forma de serem mais educados ao manifestarem algum tipo de insatisfação. (N.T.)

– Cuidado, hein. Você vai ser esmagado.

– Vá em frente.

– Não, você começa! Disparem primeiro, cavalheiros ingleses.

Béchoux estava pálido. Apesar de seguro, estava muito assustado.

Ele gritou, dirigindo-se aos seus homens:

– Atenção! Mirem em Lupin! Apontar!

Os cento e cinquenta guardas confrontaram Lupin e apontaram suas armas para ele. Mas não dispararam. Fuzilar aquele homem ferido e isolado aparentava tal covardia que os fez hesitar.

Béchoux sapateou de raiva.

– Fogo! Fogo! Atirem, em nome de D…!

– Atirem! – reforçou Lupin. – Do que vocês têm medo?

Ele estava lívido. Vacilava, enfraquecido pelo sangue que perdia, mas indomável.

Patricia o segurou. Ela estava pálida, mas resoluta.

– Está na hora… – ela sussurrou.

– Talvez seja tarde demais – respondeu ele. – Mas, enfim, se você deseja.

– Sim.

– Nesse caso, admita que me ama – sussurrou ele.

– Eu o amo o suficiente para o querer vivo.

– Você sabe que não posso viver sem você, sem o seu amor…

Ela o olhou nos olhos e respondeu seriamente:

– Eu sei. Quero que você viva…

– Isso é um compromisso?

– Sim.

– Então, faça alguma coisa – disse ele, desfalecendo.

Por sua vez, Patricia pegou um apito. Era o apito prateado que Lupin lhe havia dado, e que ela tirou da bolsa. Ela o colocou na boca e produziu um som agudo e prolongado que de vez em quando interrompia, e que recomeçava a se espalhar em ondas perfurantes, imperiosas, desesperadas, que se propagavam pelos corredores e chegavam até as caves e os jardins.

Depois, tudo ficou em silêncio! Um longo silêncio patético, enigmático, assustador! O que iria acontecer desta vez? Que salvamento providencial eles preparavam? Que tipo de intervenção arrebatadora, peremptória?

Eis a resposta: lá de longe, do fundo dos edifícios, chegaram clamores desesperados, cada vez mais perceptíveis, cada vez mais próximos.

– Fechem os portões! – gritou Béchoux.

– Fechem os portões – Lupin concordou calmamente. – Fechem os portões e rezem a Deus pelo descanso de suas almas, bando de canalhas!

Ele tinha se ajoelhado. Já não conseguia mais se manter de pé. Ele despendia toda a sua energia para se manter acordado.

Patrícia se curvou, envolveu-o em seus braços, sem parar de enviar o sinal obsessivo, o chamado imperativo.

Lupin, numa explosão de vontade, dominou sua fraqueza. Ele tripudiou:

– Béchoux, você me dá pena. Mande chamar o exército... Todo o exército... com tanques e canhões...

– E você? Tem um exército por acaso?

– Eu! Estou chamando os peludos da grande guerra. Levantem-se, mortos! De pé todos os poderes da terra e do inferno!

Lupin parecia delirar. Patricia parou abruptamente de apitar. Já não era mais necessário. Os clamores de pavor varriam a sala como ondas furiosas.

O resgate veio em um galope furioso. Um resgate estranho, formidável, imprevisto para os atacantes de repente dominados pelo pânico.

– Saïda! Saïda! – chamou a jovem com um impulso de alegria incontrolável. – Saïda! Venha, Saïda!

Saltitante, a tigresa se aproximava. Perplexos, os policiais fugiram apavorados, mas, diante do obstáculo da grade, a fera hesitou.

As placas de ferro, formando persianas, cobriam três quartos da grade, oferecendo, assim, um primeiro obstáculo, um relé, se necessário... Além disso, mesmo sem esse apoio, a grade não poderia ser atravessada? Havia espaço suficiente entre suas pontas e o teto.

A tigresa deve ter compreendido que o obstáculo era transponível, porque de repente ela tomou impulso, levantou-se como um pássaro, passou rente à ponta das lanças agudas sem ficar presa e aterrissou docilmente na frente de Patricia e de Lupin.

Enquanto isso, Béchoux havia reunido seus homens e os conduzido até a grade.

– Atirem, pelo amor de D…! – ele gritou.

– Atire você mesmo – rebateu a voz de um guarda.

– Seu acólito tem razão – disse Arsène Lupin. – Atire primeiro, Béchoux! Mas aviso que Saïda conhece muito bem quem atira e a fere, e, se você tiver culhões para esticar o braço e mirar nela, pode se considerar aniquilado. Saïda é antropófaga, Béchouzinho!

Assim desafiado, Béchoux atirou heroicamente. A tigresa, levemente atingida, deu um salto e rugiu, louca de raiva. Os agressores hesitaram. Se três ou quatro deles acompanhassem seu líder, recuperassem o sangue-frio e ateassem fogo de uma forma metódica e ordenada, Saïda sucumbiria. Mas o medo que os inspirava com a chegada desse inimigo inesperado, estranho, temível, sua colaboração com o extraordinário Lupin, que lhes parecia de alguma forma sobrenatural, essa força espantosa e nova, posta à disposição desse personagem, que parecia para muitos deles sobre-humana, não lhes permitiu recuperar a calma. A presença de uma fera estava fora das coisas naturais, dos regulamentos conhecidos, da técnica policial comum. Eles não estavam de forma alguma preparados para tal batalha. O próprio Béchoux estava em pânico. Ondas de terror supersticioso o dominaram. A aliança entre um tigre e um homem. Quem já teria visto aquilo na prefeitura?

Béchoux fugiu e, atrás dele, a tropa desordenada dos guardas, entre os quais estavam os quarenta gângsteres, e ninguém mais se preocupava em deter os prisioneiros. Maffiano, que já tinha tentando acertar as contas com a tigresa, era o mais apressado a desaparecer. O pseudojanota o acompanhava.

– Cento e cinquenta policiais, quarenta gângsteres, o mesmo número de fuzis e pistolas automáticas, tudo junto picando a mula diante de Arsène Lupin, de sua amada e de um enorme gato selvagem. Aí estão heróis de araque. Que desastre! Que mundo! Que polícia! – escarneceu Lupin, triunfante, mas prestes a perder a consciência.

Enquanto isso, satisfeita, com o dever cumprido, a batalha vencida, Saïda se deitou aos pés de sua dona, que acariciou sua cabeça. Então, baixando as pálpebras e apurando as orelhas na direção dos barulhos distantes que ainda lhe chegavam aos ouvidos, a tigresa ronronou.

Mas, passado um minuto, ela ficou de pé novamente e rugiu. Patricia, que cuidava de Lupin, e Lupin, que recuperava os sentidos, ficaram alarmados. Sim, a primeira batalha estava ganha, mas...

Passos furtivos foram ouvidos. Sombras que se escondiam o máximo que conseguiam, espalhadas pelo exterior ao longo das paredes, aproximavam-se da grade.

Furiosos com seu fracasso, atraídos pelo engodo todo-poderoso de milhões a pegar, os gângsteres tinham regressado através dos corredores secretos, e braços armados se estendiam pelas grades do portão.

– Apontar, fogo! Apontar, fogo! Apontar, fogo! – disse Lupin sob as luzes das lanternas.

Saïda rastejou em direção ao portão, mostrando suas presas, rugindo e se preparando para atacar.

O mesmo pânico dominou esses últimos agressores, que fugiram outra vez.

– Rápido – disse Lupin –, um retorno ofensivo ainda é possível. Vamos nos defender! Patricia, pegue as chaves dos cofres e todos os documentos úteis. Esta noite, vamos transferir o dinheiro e enviar tudo para a província. O banco Angelmann, decididamente, não é seguro. Agora, vamos depressa! O carro que lhe trouxe com Saïda ainda está no pátio, não está?

– Sim, sob os cuidados de Étienne. A menos que ele tenha sido preso...

– Por quê? Ninguém sabe que ele está a meu serviço e que o carro me pertence. E, depois, Béchoux estava muito ocupado comigo e com os quarenta gângsteres para pensar em mais alguma coisa quando chegou. E, quando ele fugiu com a polícia, só deve ter pensado em ficar fora do alcance da Saïda. Vamos, depressa!

– Mas o senhor consegue caminhar até o pátio? – Patricia perguntou com preocupação.

– Preciso conseguir!

Ele se levantou, mas quase caiu.

– Vamos admitir – disse ele, rindo –, isso não está às mil maravilhas. Preciso de uma bebida e de um curativo. Vamos buscá-los. Saïda vai me levar até o pátio, como ela fez com Rodolphe até Corneilles.

De fato, como o menino tinha feito, Lupin se sentou sobre o felino, e a potente fera, sem nem sequer parecer notar aquele fardo, partiu pelos corredores e chegou ao átrio do banco. O maior dos carros de Lupin, um carro largo e profundo, estava esperando sob a guarda do chefe de esquadra Étienne. O medo salutar da tigresa tinha mantido longe qualquer inimigo e até mesmo qualquer curioso. Foi sem ver ninguém, e sem serem vistos por ninguém, que Patricia e Lupin se acomodaram no carro enquanto a tigresa se agachava aos pés deles e Étienne se sentava ao volante.

– A polícia foi embora? – perguntou Lupin.

– Sim, chefe, e levou os gângsteres algemados. Eles os pegaram na saída.

– Como prêmio de consolação – tripudiou Lupin. – Bah! Eles desejavam tanto assim me prender? Um pouco de publicidade para a opinião pública. Lupin detido seria muito embaraçoso. Vamos, Étienne, acelere! Para a Maison-Rouge, e rápido!

O carro ligou, saiu do pátio do banco sem entraves e, sem nenhum outro obstáculo, seguiu viagem para a Maison-Rouge.

Ao chegar à propriedade, e enquanto Patricia subia para se juntar ao filho, Lupin, do vestíbulo, gritou a plenos pulmões com a voz triunfante:

– Victoire! Victoire!

A velha babá correu pelas escadas e surgiu toda comovida.

– Aqui estou eu! O que você quer, meu menino?

– Eu não chamei você.

– Você gritou: "Vitória"!

– Você quer dizer que cantei vitória. Minha pobre velhota, como você é irritante com esse seu nome!

– Me chame por outro nome.

– É isso: vou especificar a conquista! Fica bom para você? As *Termópilas*? Tolbiac?

– Você não poderia escolher um nome cristão para mim?

– O nome de uma heroína vitoriosa? Aí está, que tal Joana d'Arc? Isso lhe serve como uma luva. Bom, por que está com essa cara? Está enganada, não quis ofendê-la. Mas garanto que arranjo outro nome sem ficar pensando muito nisso. Primeiro, ouça minhas proezas.

Ele contou o feito, rindo como um colegial.

– É engraçado, não é, minha velha? Há anos eu não me divertia tanto. E que perspectivas para as minhas futuras disputas com a polícia! Vou domar um elefante, um crocodilo e uma cascavel. Talvez assim me deixem em paz. E que economia quando tiver de renovar meus aliados! Terei provisões de marfim, pele de crocodilo para meus sapatos e sinos para minhas portas. Agora me traga algo para comer e me faça um curativo!

– Você está ferido? – perguntou Victoire, preocupada.

– Não é nada. Só um arranhão. Perdi um pouco de sangue, mas, para Lupin, isso não é nada e evita uma possível congestão. Vamos, rápido, preciso sair logo, logo!

– Mas aonde você quer ir agora?

– Buscar meu dinheiro!

Depois de um rápido curativo em sua lesão, que não era grave, e de uma refeição leve, e ainda mais rápida, Arsène Lupin descansou por uma hora e, renovado e disposto, ordenou que seu carro número 2, bem como o número 3, fossem retirados da garagem. Acompanhado por Patricia, ele entrou no primeiro, e quatro de seus homens, escolhidos entre os mais robustos e determinados, tomaram seus lugares no segundo.

– Vamos voltar até aquele velho Angelmann – explicou Lupin a Patricia – e teremos algumas pequenas coisas para trazer de volta.

Quando, em menos de uma hora, os carros chegaram ao banco, Lupin, acompanhado por Patricia e seguido por seus homens, voltou para a grande sala do térreo e, desta vez, seguiu para a sala do cofre.

Ele tinha as chaves. Abriu o primeiro dos cofres depois de colocar a senha.

Vazio!

Uma segunda tentativa... terceira... quarta... Vazios! Os cofres estavam vazios! As riquezas tinham desaparecido.

Lupin não demonstrou nenhuma emoção. Ele deu uma gargalhada zombeteira.

– Os cofres? Vazios. Minhas economias? Devoradas. Meu dinheiro? Levantou voo...

Patricia, que o observava, perguntou:

– Tem alguma ideia?

– Mais do que uma ideia.

– O quê, então?

– Ainda não sei. Mas nada me é mais agradável do que procurar profundamente dentro de mim, enquanto falo, sem parecer pensar em nada.

Ele chamou um dos guardas do banco; o homem, percebendo que a terrível tigresa não estava mais lá, aproximou-se.

– Mande chamar o senhor Angelmann – ordenou Lupin.

Depois, voltou a meditar.

Angelmann, que tinham ido buscar em seus aposentos, onde ficou confinado durante toda a confusão, apareceu após alguns minutos. Ele estendeu a mão a Lupin.

– Meu caro Horace Velmont, que prazer vê-lo. Como vai o senhor?

Lupin não apertou a mão estendida.

– Eu vou como um homem que foi roubado – disse ele. – Foi você quem afanou meu dinheiro. Todos os cofres estão vazios.

Angelmann se sobressaltou:

– Vazios! Os cofres estão vazios! Impossível! Ah!

Ele caiu em uma poltrona, pálido, ofegante, quase tendo uma síncope.

– É o coração! – ele gemeu. – Tenho um problema cardíaco. Isso vai me deixar mal. Por que me dizer uma coisa dessas sem precauções?

– Eu disse o que aconteceu. E, se não foi você quem roubou meu dinheiro, quem foi?

– Não tenho a menor ideia.

– Impossível. Exijo a verdade imediatamente. Quem lhe deu o número que corresponde aos cinco códigos da senha do cofre? Não minta. Quem?

Ele fixou Angelmann com um olhar implacável.

Angelmann cedeu:

– Foi Maffiano.

– Onde está o dinheiro?

– Não sei – disse o banqueiro. – Aonde você vai, Velmont?

– Resolver esse excitante problema.

Sem pressa, Lupin saiu da sala dos cofres e, atravessando a outra sala, foi embora, batendo os pés, em direção à suntuosa escadaria de mármore. Angelmann seguiu seu rastro.

– Velmont! Não, Velmont! Eu suplico, não vá. Não, Vel…

A voz de Angelmann sufocou em sua garganta, e o banqueiro, tomado por uma nova síncope, desabou no primeiro degrau da escada.

Patricia, ajudada pelo guarda e pelos homens de Lupin, levantou-o. Ele foi levado para a sala do térreo e o colocaram sentado em uma poltrona.

Logo ele recuperou os sentidos e gaguejou:

– O miserável… conheço seu plano…, mas minha esposa não vai falar nada. Eu a conheço. Ela não vai dizer uma só palavra. Ah! O trapaceiro! Ele acha que pode tudo. É isso que dá trabalhar com canalhas como ele.

Patricia, que no início não havia entendido bem, de repente empalideceu.

– Encontre-o! – ela disse com a voz entrecortada.

O banqueiro gemeu:

– Impossível! Mais uma emoção forte e eu não vou resistir! O coração, entende?

Ele caiu num silêncio sombrio. Patricia, do outro lado da sala, sentou-se numa poltrona e ficou imóvel.

Dez minutos se passaram. Quinze…

Angelmann choramingava desesperado, gaguejava palavras sem sentido, falava de sua esposa, de sua virtude, de sua coragem, de sua discrição, da confiança ilimitada que depositava nela. Tudo isso podia ser verdade, mas talvez também não fosse.

Finalmente ouviram passos, depois um leve assovio alegre, vencedor, e Lupin reapareceu.

– Não é verdade! Não é verdade! – exclamou Angelmann, mostrando-lhe o punho. – Não é verdade! Você não fez isso!

– O que é verdade – disse Lupin, serenamente – é o seu roubo. Há dois dias você o prepara. Você fez acordos com os diretores de um grande circo itinerante e alugou os dezoito caminhões deles. A mudança aconteceu ontem à noite. Há quatro horas meu dinheiro está viajando rumo ao seu castelo de Tarn, que foi construído acima dos desfiladeiros, sobre uma rocha quase inacessível. Se meu dinheiro estiver lá, estou arruinado. Nunca mais o verei.

– Invenções, piadas, melodramas – protestou o banqueiro.

– A pessoa que me deu essa informação é digna de confiança – disse Lupin em um tom convincente.

– E você afirma que essa pessoa é Marie-Thérèse, minha esposa? Está mentindo! Por que ela lhe contaria?

Arsène Lupin não respondeu. Um pequeno sorriso favorável e cruel se desenhou em seus lábios.

Angelmann desfaleceu outra vez.

No entanto, Patricia, que tinha ouvido de longe sem dizer uma palavra, aproximou-se, chamou Lupin de lado e disse-lhe com uma breve e tremida voz:

– Se isso for verdade, eu nunca o perdoarei…

– Sim, claro que sim – disse ele com doçura, colocando sua mão sobre a dela. Mas ela a retirou bruscamente. Lágrimas umedeceram seus olhos.

– Não. Você me traiu mais uma vez!

– Patricia, a traição foi sua! Maffiano seria incapaz de descobrir os números da senha do cofre. Apenas uma pessoa no mundo poderia saber.

Você, Patricia, que sabia da proporção que essa aventura tinha tomado, e necessariamente sabia que havia na minha mente o nome de Paule, o primeiro nome de Paule Sinner. Por que revelou meu segredo a Maffiano?

Ela corou, mas respondeu francamente, sem hesitação:

– Isso aconteceu na Rua de la Baume, enquanto ele me mantinha prisioneira, trancada no quarto em cima do terraço. Temi por Rodolphe, e sobretudo por mim. Maffiano, para consentir em me conceder mais um dia antes do terrível desfecho, exigiu saber qual era a senha composta por cinco letras que abriria os cofres, porque ele sabia que cinco botões controlam as fechaduras. Eu disse para ele tentar "Paule". Ele assim procedeu e deu certo. Mas esse dia de trégua que ganhei me permitiu enviar Rodolphe até o senhor e ser salva pelos dois. Depois, uma carta ameaçando matar Rodolphe me obrigou a revelar outros segredos. Eu temia por ele, temia pelo senhor. O momento de uma ação eficaz não tinha chegado. O que eu podia fazer? – ela concluiu, angustiada.

Mais uma vez, Lupin pegou em sua mão.

– Você agiu bem, Patricia, e peço desculpa. Você me perdoa?

– Não! O senhor me traiu. Não quero voltar a vê-lo. Volto para a América na próxima semana.

– Que dia? – ele perguntou.

– Sábado. Tenho um lugar reservado no *Bonaparte*.

Ele sorriu.

– Eu também tenho. Hoje é sexta-feira. Temos oito dias. Vou atrás dos caminhões com meus quatro homens. Eu os recupero, levo-os para Paris, depois para a Normandia, onde tenho esconderijos seguros. E sexta à noite estarei em Havre. Navegaremos juntos, em cabines geminadas.

Ela não tinha forças para protestar. Ele lhe beijou a mão e a deixou.

Angelmann, que cambaleava de emoção, juntou-se a ele antes que chegasse à porta.

– Então é a minha ruína – balbuciou o infeliz banqueiro. – O que será de mim, na minha idade?

– Ora, você tem dinheiro guardado…

– Não tenho! Juro!

– O dote da sua mulher?

– Mandei junto com o resto.

– Em que caminhão ele está?

– No caminhão número 14.

– O caminhão número 14 será enviado para cá amanhã e entregue diretamente à senhora Angelmann, com o meu presente pessoal. E não tenha medo, eu sei fazer as coisas como um cavalheiro.

– Você é meu amigo, Horace! Nunca duvidei de você! – disse Angelmann, apertando as mãos dele com gratidão.

– Admito que não sou um mau tipo – disse Lupin com um ar falsamente modesto. – Meus respeitosos cumprimentos à senhora Angelmann, está bem? Ah! Por gentileza, ofereça-me um presente. Dê-me um conselho. Acha que ela ficaria ofendida se eu também lhe endereçasse o caminhão número 15?

Angelmann ficou radiante.

– Claro que não, pelo contrário! Querido amigo! Pelo contrário! Ela ficaria muito comovida...

– Então está combinado! Adeus, Angelmann. Eu o verei de vez em quando... quando estiver de passagem por aqui...

– Está certo! A mesa estará posta à sua espera, e minha mulher vai ficar muito feliz...

– Não tenho dúvida.

* * *

Patricia voltou para a Maison-Rouge e para junto de Rodolphe. Arsène Lupin, sem se preocupar com a ferida e com o cansaço, partiu com seus quatro homens para perseguir os caminhões.

Foi somente depois de dois dias de atividade incessante que ele pôde, tendo deixado tudo em ordem, tomar de volta a estrada para a

Maison-Rouge. Qualquer um já estaria morto de exaustão, mas Lupin parecia ser de ferro.

Assim que chegou, no entanto, ele foi para o seu quarto e ficou na cama. Victoire veio rodeá-lo como se fosse uma criança.

– Foi um bom trabalho. Está tudo resolvido – ele disse. – E agora vou dormir. Vou dormir durante vinte e quatro horas!

– Não está com frio, meu filhinho? – Victoire perguntou, preocupada. – Não está com febre?

Ele se esticou voluptuosamente em seus lençóis.

– Deus, como você fala! Deixe-me dormir, heroína vitoriosa.

– Não está com frio, meu pequeno, tem certeza? – ela repetiu.

– Estou morrendo de frio – ele finalmente admitiu, vencido pelo cansaço.

– Quer uma bebida quente? Uma infusa de vinho?

– Uma infusa? Samothrace[6], mas é um sonho! Veja só, você queria um nome de vitória para completar o seu patronímico, Samothrace é muito bonito! Como fica elegante! Prepare-me um grogue, prepare-me uma infusa, Samothrace!

Mas, quando a velha babá chegou com o grogue e a infusa, Arsène Lupin tinha esquecido tudo e mergulhado em um sono profundo.

– Dorme como uma criança. – disse Victoire, extasiada.

E ela bebeu o grogue.

---

[6] Vitória de Samotrácia, ou Nice de Samotrácia, é uma esculta grega que representa a deusa Nice, que personificava a vitória, a força e a velocidade, e por isso foi representada por uma mulher alada. (N.T.)

CASAMENTO

No convés do transatlântico *Bonaparte*, que os conduzia de volta para os Estados Unidos, Horace Velmont e Patricia estavam sentados lado a lado e observavam o horizonte.

– Eu suponho, Patricia – Horace disse de repente –, suponho que, neste momento, seu terceiro artigo já tenha sido publicado no *Allo-Police*.

– Certamente, pois eu o telegrafei há quatro dias – ela respondeu. – Além disso, li trechos dele nos telegramas publicados no quadro de notícias de Última Hora, no convés da segunda classe.

– Ainda desempenho um belo papel neles? – perguntou Velmont com um ar falsamente indiferente.

– Magnífico, especialmente na cena dos cofres. Sua ideia de usar Saïda é apresentada como a mais engenhosa e original das descobertas. Um tigre contra a polícia. Obviamente, isso não está ao alcance de todos, mas é um golpe de mestre.

Uma alegria orgulhosa inflamou Horace.

– Que barulho isso vai fazer pelo mundo! – ele disse. – Que escândalo! Que baluarte, que estrela!

Patricia sorriu daquela vaidade de ator aclamado.

– Seremos recebidos como heróis! – ela afirmou.

Ele mudou de tom.

– Você, Patricia, certamente. Mas, para mim, certamente reservam a cadeira elétrica.

– Está louco! Que crime você cometeu? Foi você quem ganhou o jogo e conseguiu a prisão de todos aqueles bandidos. Sem você, meu amigo, eu não teria chegado a lugar nenhum…

– Ainda assim, você chegou a esse resultado de levar Lupin, acorrentado como um escravo, à sua carruagem triunfante.

Ela olhou para ele, alarmada com essas palavras, e especialmente com a entonação grave que ele imprimiu.

– Espero que não tenha problemas por minha causa.

Ele encolheu os ombros.

– Como assim? Serei outorgado com um prêmio nacional e, para fixar residência nos Estados Unidos, vão me oferecer um arranha-céu de respeito e o título de Inimigo Público Número 1.

– É esse o desfecho de que você me falou há algum tempo – ela perguntou –, quando aludiu a um sacrifício necessário da sua parte?

Fez uma pausa. Seus lindos olhos umedeceram, e ela continuou:

– Receio que às vezes queira se separar de mim.

Ele não protestou. Ela murmurou:

– Não há felicidade para mim longe de você, meu amigo.

Ele a olhou e disse com amargor:

– Longe de mim, Patricia? Eu, o ladrão, o vigarista? Eu, Arsène Lupin?

– Você tem o coração mais nobre que conheço. O mais delicado, o mais compreensivo, o mais cavalheiresco.

– Por exemplo? – ele questionou, retomando um tom mais leve.

– Só mencionarei um. Como eu não queria levar Rodolphe para a América, temendo expô-lo às armadilhas dos adversários, você ofereceu que eu o deixasse na Maison-Rouge, sob os cuidados de Victoire…

– Cujo nome verdadeiro agora é Samothrace.

– E sob a proteção dos seus amigos e de Saïda.

Arsène Lupin encolheu novamente os ombros.

– Não é porque eu tenho um bom coração que fiz isso, mas porque eu a amo. Ah! Vamos, Patricia. Por que fica tão envergonhada quando lhe falo do meu amor?

Desviando o olhar, ela balbuciou:

– Não são suas palavras que me fazem corar. São seus olhares, os seus pensamentos secretos…

Ela se levantou abruptamente.

– Venha, vamos! Talvez haja registro de despachos recentes.

– Que seja! Vamos! – ele disse, levantando-se também.

Ela o conduziu ao quadro com as últimas notícias; alguns telegramas estavam expostos. Lia-se:

Nova Iorque. O próximo navio da França, o Bonaparte, *traz de volta Patricia Johnston, a famosa colaboradora do jornal* Allo-Police, *que ultimamente obteve brilhantes sucessos, permitindo que a polícia francesa capturasse um grupo de gângsteres liderado pelo siciliano Maffiano, culpado de muitos crimes, incluindo os dois assassinatos cometidos em Nova Iorque, de J. Mac Allermy e de Frédéric Fildes.*

Maffiano, tendo, como se sabe, perpetrado na França outros crimes graves, não será extraditado.

A municipalidade se prepara para receber honrosamente a senhorita Patricia Johnston.

Outra notícia dizia:

…Um telegrama do Havre afirma que Arsène Lupin embarcou no Bonaparte. *As precauções mais severas serão tomadas para garantir o desembarque do famoso ladrão. O inspetor-chefe Ganimard, da polícia de Paris, chegou ontem a Nova Iorque e terá toda a assistência necessária para que possa prender Arsène Lupin, seu antigo adversário, como fez da primeira vez, há um quarto de século. O*

policial francês embarcará na lancha da polícia americana, que irá ao encontro do Bonaparte *com as autoridades militares e representantes da polícia americana.*

Um terceira notícia dizia o seguinte:

O jornal Allo-Police *anuncia que o senhor Allermy Junior, seu diretor, obteve permissão para ir, em seu iate, ao encontro de sua colaboradora, Patricia Johnston; um esquadrão de policiais estará à sua disposição para o desembarque.*

– Perfeito – exclamou Horace. – Seremos recebidos de acordo com nosso mérito, ou seja, eu, por uma mobilização policial, e você, pelo pai de seu filho.

Ao ouvir essas palavras zombeteiras, e também após a leitura dos despachos, Patricia assumiu um ar sombrio.

– Muitas ameaças – disse ela. – Não temo nada da parte de Allermy Junior, mas, quanto a você, meu amigo, sua situação é terrível.

– Chame Saïda com um apito – brincou Lupin. – Além disso, não tema nada por mim – disse ele mais seriamente. – Não estou em perigo. Ainda que eu consentisse em me deixar prender, o que é impossível, nenhuma acusação autêntica poderia ser feita contra mim. Mas me pergunto: o que será que esse Allermy Junior quer?

– Talvez tenhamos feito mal em viajar juntos – observou Patricia. – Uma investigação provará facilmente que não nos deixamos desde o Havre.

– Sim, à noite. Nunca pus os pés na sua cabine.

– Nem eu na sua.

Ele olhou fixamente para ela.

– Você se arrepende, Patricia? – ele perguntou com a voz alterada.

– Talvez – ela respondeu seriamente.

Ela direcionou seu belo rosto voluptuoso para ele e, depois de um longo olhar, trêmula, ofereceu-lhe seus lábios…

Naquela noite, eles jantaram juntos, a sós. E Lupin pediu champanhe.

– Vou deixá-la, Patricia – disse ele por volta das onze horas, quando o *Bonaparte* tinha acabado de atravessar o canal e estava ancorando no porto.

Ela murmurou dolorosamente:

– Foram as nossas primeiras horas de felicidade, meu amigo. Talvez sejam os últimas.

Ele a tomou em seus braços.

* * *

No início da manhã, Patricia fez sua *toilette* e preparou sua *nécessaire* de viagem. Horace Velmont, ou melhor, Arsène Lupin, já não estava mais lá. À porta, a chave continuava na fechadura, fechada com duas voltas. Mas Patricia sentiu um ar úmido e frio invadir a cabine e constatou que a janela do postigo não estava fechada. Ele teria passado por ali? Com que intenção? Do postigo não se podia voltar ao convés. Sem encontrar o menor vestígio de seu companheiro, Patricia ainda almoçou a bordo do *Bonaparte*. Após a refeição, ela estava prestes a subir para o convés quando lhe trouxeram uma mensagem. Henry Mac Allermy solicitava uma entrevista. Sem hesitar, a jovem recusou.

As horas se arrastaram, lentas, intermináveis para Patricia, que, febril, estava à espera dos acontecimentos. Que acontecimentos? Ela não sabia…

O porto tinha sido invadido por barcos, iates de passeio, lanchas e torpedeiros. Hidroaviões voavam no céu. Uma animação extraordinária reinava ao longo do cais onde a multidão se aglomerava. Mil ruídos se misturavam: apitos de sirene, jatos de vapor, pacotes sendo descarregados, gritos…

Patricia continuava esperando. Ela não sabia onde estava Lupin, não sabia o que ele estava fazendo, mas agora tinha uma certeza irracional, mas formal, de que não deveria desembarcar até ter notícias dele – e de que ia consegui-las de uma forma ou de outra.

Essa esperança não se enganou. Às cinco da tarde, ela leu na primeira edição dos jornais da tarde a seguinte nota, comunicada pela polícia:

PIRATA ARSÈNE LUPIN

No meio da noite passada, o mais famoso dos foras da lei modernos, ajudado por alguns cúmplices, sequestrou o Allo-Police, *iate de Mac Allermy Junior. A tripulação, atacada de surpresa, foi desarmada, e os oficiais, trancados em suas cabines. Os assaltantes então assumiram o comando da embarcação. Essa situação inverossímil durou até por volta do meio-dia, quando os oficiais cativos conseguiram se comunicar entre eles através de um buraco de uma partição, e um deles conseguiu abrir as portas de seus companheiros, libertar os marinheiros e travar uma batalha contra os piratas. Apesar da sua resistência, estes últimos foram finalmente forçados a se render. Arsène Lupin, depois de uma luta feroz, teve que ceder. Perseguido como um animal selvagem por todo o navio, ele foi finalmente encurralado na amurada. Mas, no momento em que seria capturado, saltou para fora do navio e mergulhou nas ondas. Nenhuma das inúmeras pessoas que assistiram à cena o viu voltar à superfície.*

É inútil dizer que a polícia, alerta desde a manhã, havia tomado todas as precauções. Um cordão de agentes cobria toda a margem. Botes demarcavam o porto. Metralhadoras estavam a postos. Até este momento (três e meia da tarde) não houve nenhuma novidade que permitisse conhecer o destino do líder dos piratas. A convicção absoluta do grande chefe da polícia é de que Arsène Lupin, incapaz de acostar, vendo-se perdido, exausto de cansaço, tenha talvez se afogado. Estão à procura de seu corpo. Qual era o objetivo de Arsène Lupin ao atacar o iate do senhor Mac Allermy? O senhor Mac Allermy, que não estava a bordo no momento do ataque, declarou não saber. O famoso policial francês Ganimard também o ignora, mas ele não acredita na morte do famoso aventureiro.

Patricia tinha lido essas linhas com uma grande emoção que se transformou em angústia quando se falou do desaparecimento de Arsène Lupin e da sua provável morte. Mas ela logo balançou a cabeça e sorriu: Arsène Lupin terminar assim… Arsène Lupin se afogar… impossível. O inspetor Ganimard tinha razão…

– O que devo fazer? – perguntou-se a jovem. – Continuar esperando aqui? Ou desembarcar? Onde Lupin pretende me encontrar? E será que me encontrará? – E as lágrimas molharam seus olhos.

Passou mais uma hora, depois outra, e uma última edição do jornal trouxe novas informações que ela leu apaixonadamente.

O jornal dizia isto:

Mac Allermy Junior acaba de ser encontrado em sua sala de diretor do Allo-Police, *amarrado a uma poltrona e amordaçado. Seu cofre foi arrombado e esvaziado de uma soma de 1.500 dólares, que foi substituída por esta breve missiva:*

"O dinheiro será totalmente reembolsado. Tive de usá-lo para pagar o meu bilhete no Normandie, *onde organizo, para o retorno, uma noite de ilusionismo com demonstrações práticas com os relógios e as carteiras dos passageiros. A. L."*

Na frente de Mac Allermy Junior, como se conversasse com ele, estava sentado em outra poltrona o inspetor-chefe Ganimard, vestindo cueca e casaco de flanela, também amarrado e amordaçado. Ele disse, sem querer dar mais explicações, que Arsène Lupin tinha tirado suas roupas para se vestir e, assim, fugir disfarçado. O senhor Henry Mac Allermy não quis se pronunciar. Por que esse silêncio? Que ameaças fez o temível aventureiro a essas duas vítimas?

Ao terminar a leitura, Patricia não pôde deixar de sorrir com um pouco de orgulho. Que super-homem esse Lupin! Que audácia! Que maestria!

Mas para que permanecer a bordo, então? Não seria lá que ela receberia uma mensagem de Lupin.

Ela desembarcou depressa e pegou um táxi para sua casa. Entrou. O apartamento estava repleto de flores. Um jantar a esperava, servido em uma mesa redonda, e, perto da mesa, em uma poltrona da qual se levantou, havia um convidado.

– Você! Você! – ela exclamou, atirando-se, rindo e chorando, nos braços de seu amado.

Ele lhe perguntou, depois de muitos beijos:

– Não estava preocupada?

Ela encolheu os ombros, sorrindo.

– Oh! Eu sei bem que você sempre escapa de tudo!

Jantaram alegremente. Então ele disse, à queima-roupa, e em um tom sério:

– Sabe, Patricia, está tudo preparado.

– O quê? O que está preparado? – ela perguntou, espantada.

– Seu futuro. Nós conversamos, Junior e eu, antes que eu o amordaçasse. Depois de longas discussões, chegamos a um acordo.

Lupin serviu uma taça de champanhe.

– Bem, é o seguinte: ele vai se casar com você.

Patricia vacilou.

– Que seja, mas eu não me caso com ele – ela disse friamente. – Como pôde pensar nisso? Sim, eu entendo, você não me ama!

A voz dela estava engasgada, os olhos se afogavam em lágrimas. Ela retomou:

– Era esse o desfecho que você desejava? Mas eu não vou ceder! Nunca!

– Mas será necessário – ele declarou, com os olhos fixos nela.

Ela encolheu os ombros.

– Sou livre para aceitar ou recusar, me parece.

– Não.

– Por quê?

– Porque você tem um filho, Patricia.

Ela estremeceu novamente.

– Meu filho é meu.

– Seu e do pai dele.

– Tenho a custódia dele, eu o criei, ele é só meu e nunca consentirei em entregar Rodolphe.

Lupin disse com melancolia:

– Pense em seu futuro, Patricia! Henry Mac Allermy quer se divorciar para se casar com você e reconhecer o filho dele. Ele legará a Rodolphe um nome imaculado e uma das maiores fortunas dos Estados Unidos. Posso fazer o mesmo por ele? Nossa experiência recente nos provou que o conteúdo dos meus cofres é alvo da cobiça dos meus inimigos. Será que eles sempre vão falhar nas suas maquinações?

Houve um silêncio sombrio. Patricia parecia arrasada. Lupin disse mais baixo:

– Que nome teria Rodolphe? Qual seria a situação social dele? Não se pode ser filho de Lupin…

Outro silêncio. Patricia ainda estava hesitante, mas sabia que o sacrifício era inevitável.

– Eu aceito – disse ela enfim. – Mas com a condição de voltar a vê-lo.

– O casamento só acontecerá daqui a seis meses, Patricia…

Patricia se surpreendeu, olhou para ele, e seu rosto se iluminou de alegria.

– Seis meses! Por que o senhor não disse antes? Seis meses! Mas é uma eternidade!

– Mais ainda, se soubermos usá-los. Vamos nos apressar – disse Lupin. Ele encheu duas taças de champanhe.

– Comprei o iate do Junior – disse ele. – É a bordo dele que pretendo regressar à França. A polícia vai me deixar em paz; ela precisa muito de mim para me incomodar. Estou em bom acordo com o prefeito. Ganimard silenciará Béchoux, porque eu o avisei: minha tranquilidade contra meu silêncio. Sim, sobre a história do despimento. Imagine isso nas revistas de fim de ano, o inspetor-chefe de cuecas. Ele seria ridicularizado para sempre! E ele me prometeu um lugar para assistir à morte de Maffiano na guilhotina.

Patricia já não ouvia mais nada; ela só pensava nos dois.

– Eu vou voltar no iate com você – disse ela a Lupin, corada de alegria. – Será maravilhoso! Vamos embora o mais rápido possível.

Lupin começou a rir.

– Imediatamente, agora mesmo! E, atravessado o oceano, seguiremos o curso do Sena até a Maison-Rouge, onde nos instalaremos. Você verá Rodolphe novamente. Isso será fascinante!

Ele pegou sua taça e a levantou:

– À nossa felicidade!

E Patricia respondeu em eco:

– À nossa felicidade!